神

신필천하

눈매 新무협 판타지 소설

FANTASTIC ORIENTAL HEROES

신필천하 1

눈매 新무협 판타지 소설

초판 1쇄 찍은 날 § 2011년 8월 19일
초판 1쇄 펴낸 날 § 2011년 8월 26일

지은이 § 눈매
펴낸이 § 서경석

편집부장 § 권태완
편집책임 § 주소영

펴낸곳 § 도서출판 청어람
등록번호 § 제1081-1-89호
등록일자 § 1999. 5. 31
어람번호 § 제2-2135호

주소 § 경기도 부천시 원미구 심곡2동 163-2 서경B/D 3F (우) 420-822
전화 § 032-656-4452팩스 § 032-656-4453
http://www.chungeoram.com
E-mail § chungeoram@chungeoram.com

ISBN 978-89-251-2601-2 04810
ISBN 978-89-251-2600-5 (세트)

神筆

신필천하

FANTASTIC ORIENTAL HEROES

눈매 新무협 판타지 소설

서예신동

도서출판·청어람

目次

序

주원장은 오랜 세월 원나라 세력과 싸운 끝에 몽골족을 북
방 지역으로 몰아내고 천하를 통일했다.

그는 자신이 속했던 명교(明敎)를 기리기 위해 국호를 명(明)
으로 정하고 연호는 홍무(洪武)라 칭했다. 그리고 이선장(李善
長)과 서달(徐達)을 비롯한 개국공신들의 관직과 작위를 모두
올려주었다.

하나 토끼 사냥이 끝나면 쓸모없어진 개는 삶아 먹는 법이
라고 하던가.

주원장은 호유용(胡惟庸)이 역모를 꾀한다는 사실을 알아

채고 그의 일당을 참수했다. 그리고 이에 연좌된 자들을 모조리 죽여 없앴다. 그로부터 십 년 후에는 호유용과 사돈을 맺은 이선장 역시 공모한 죄를 물어 사약을 내렸다.

그리고 홍무 26년, 양국공(凉國公) 남옥(藍玉)도 역모 혐의를 받고 처형당한다. 이에 연좌된 사람들의 수 역시 어마어마했다.

이렇듯 주원장은 집권 기간 동안 황권을 강화하기 위해 개국공신들을 주살했고, 끝내 개국공신은 단 한 명도 살아남지 못했다. 이에 연좌되어 죽어나간 사람들만 삼만여 명에 이르렀다. 사람들은 이를 두고 호람지옥(胡藍之獄)이라 했다.

물론 그들 중에는 역모와 무관한 사람도 많았다. 단지 평소에 개국공신들과 사사로이 친분을 나눴다는 이유만으로도 억울하게 죽임을 당해야 했으니, 이 망자들의 혼을 어찌 달래야 할까?

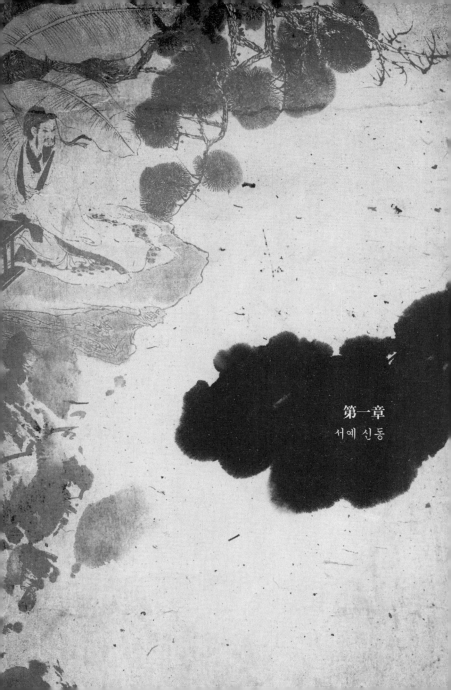

第一章
서예 신동

神筆天下
신필천하

　"사람을 하나 찾고 있네."

　노인의 말에 청의를 걸친 중년인의 표정이 굳었다. 중년인
은 노인이 이런 식으로 말을 꺼낼 때는 늘 곤란한 요구를 해
온다는 것을 잘 알고 있었다.

　그는 세공(細工)으로 다듬어진 도자기 찻주전자를 들어 조
심스레 따랐다.

　또로로롱.

　찻물이 맑은 소리를 내며 찻잔을 채웠다.

　"차 맛이 좋습니다. 드시지요."

중년인이 정중한 목소리로 시음을 청하고는 가만히 노인의 눈치를 살폈다.

하지만 회색빛 도포를 걸친 노인은 찻잔을 들지 않았다. 대신 이마에 주름 두 가닥을 깊이 새겨 넣으며 퉁명스레 말했다.

"흥! 말을 돌릴 셈인가?"

중년인의 표정에 그늘이 짙어졌다.

"옛말에도 강물이 우물물을 침범하지 않는다고 하였습니다. 한데 어째서 천상련(天上聯)의 천보각주(天寶閣主)께서 자꾸만 하찮은 저희 학립관(鶴立館)을 찾으시는지요?"

그러자 천보각주라 불린 노인이 냉소를 지었다.

"날씨가 궂으면 바다도 강물을 침범하는 법이지. 하물며 강물이 범람하는 일이야 허다한 일 아니겠나?"

중년인은 가늘게 한숨을 내쉬었다.

"어떤 사람을 찾는지요?"

"나이는 열한 살이 넘었으면 좋겠군. 하나 열다섯은 넘기지 않았으면 좋겠네. 세상물정을 모르는 아이일수록 좋네."

"마흔 명 정도 있습니다."

"이왕이면 혈육이 없는 고아였으면 하네."

"열한 명 있습니다."

"운동에는 소질이 없고 무예에는 젬병인 아이가 필요하네."

"다섯 정도 있군요."

"필체가 뛰어난 아이라면 좋겠네."

"…한 명 있습니다."

*   *   *

양진양(梁振揚)은 여느 때와 다름없이 지묵당(紙墨堂) 대청에서 또래 아이들과 함께 서예 공부를 하고 있었다. 비록 열 살 전후의 아이들만 가득했지만 대청에 흐르는 공기는 매우 무겁고 엄숙했다.

아이들은 저마다 책상 위에 화선지를 놓고 글을 쓰고 있었는데, 화선지 옆에는 사부님이 손수 쓴 글씨가 종이에 적혀 있었다. 글씨는 주로 유명한 고시이거나 격언들이었다.

아이들은 사부님의 글씨를 따라 쓰면서 서예 기법을 익히는 중이었다.

한데 대청 한쪽 구석에 자리 잡고 있는 양진양만은 달랐다.

양진양의 책상 위에는 화선지 하나만 달랑 놓여 있을 뿐, 다른 견본은 눈 씻고 찾아도 볼 수가 없었다.

그럼에도 양진양은 이미 두 줄의 글귀를 적었고, 다시 두 줄의 글귀를 적어나가는 중이었다.

또래 아이들보다도 작은 키에 앳된 얼굴, 연민이 느껴질 정도로 가냘프고 허약한 체구.

하지만 양진양이 손에 쥔 붓은 흘러가는 물결처럼 단숨에 한 줄의 글귀를 적어갔다. 그리고 다시 먹물을 묻힌 붓이 남은 한 줄의 글귀를 마저 적었다. 화선지 위를 미끄러져 가는 붓은 마치 장단에 맞춰 춤을 추듯 유연하게 이어졌다.

그야말로 일필휘지(一筆揮之).

양진양의 붓놀림은 막힘이 없었고, 반짝이는 두 눈동자는 순간적인 고도의 집중력을 보였다.

붓대를 내려놓은 양진양은 가만히 자신이 쓴 글귀를 읽어 보았다.

만약 서예에 일가견이 있는 누군가가 양진양의 글씨를 보았다면 벌어진 입을 다물지 못했으리라.

問余何事棲碧山　묻노니, 그대는 왜 푸른 산에 사는가.
笑而不答心自閑　웃을 뿐, 답은 않고 마음이 한가롭네.
桃花流水杳然去　복사꽃 띄워 물은 아득히 흘러가나니
別有天地非人間　별천지 따로 있어 인간 세상 아니네.

양진양이 행서체로 쓴 글은 다름 아닌 이백(李白)의 산중문답(山中問答)이라는 시였다.

행서체로 쓰인 글자 하나하나와 행 하나하나가 모두 정교

하고 수려하며 물결처럼 자유롭게 흘렀다. 세(勢)에 따라 글씨를 이끌어가니 유유하고 즐겁게 행진한 흔적이 역력했다.

누가 이 글씨를 보고 이제 열두 살의 앳된 소년이 적은 것이라 믿을 수 있겠는가?

열두 살밖에 되지 않은 소년이 서예를 배우며 초서에 가까운 행서체를 쓴다는 것 자체가 드문 일이었지만, 그 필체가 이토록 자유분방하면서도 균일한 아름다움을 보이는 이는 천하에 몇 되지 않을 것이다.

양진양은 자신이 쓴 글씨를 보고 가만히 미소를 지었다. 스스로 적은 글씨에 만족해서가 아니었다.

글씨를 쓰는 순간만큼은 적어도 시의 화자인 이백의 심상과 완전히 동화되어 있었던 탓이다.

푸른 산속에 들어앉아 시냇물에 복사꽃을 띄우니 그야말로 별천지가 아니던가?

양진양은 아직도 그 심상에서 완전히 헤어 나오지 못한 것이다. 진양의 코끝에는 여전히 복사꽃 향기가 스쳤고, 귓가에는 시냇물 흐르는 소리가 들렸다.

그때 검은 먹물이 진양의 화선지 위에 흩뿌려졌다.

매끄럽게 이어지는 필체 위로 방울진 먹물이 마치 곰보 자국처럼 보기 싫게 찍혔다.

깜짝 놀란 진양이 돌아보니 입관 동기인 여동추(呂董酋)가

먹물이 찍힌 붓을 들고 책상 곁을 지나치고 있었다.

양진양은 여동추가 고의로 한 짓이라는 것을 단박에 눈치 챘다.

여동추는 서예 실력이 뛰어난 진양을 오래전부터 아니꼽 게 보고 여차하면 시비를 걸어오곤 했다.

양진양은 내심 화가 났지만 꾹 눌러 참았다. 괜히 따져 봐 야 자기 기분만 더 나빠질 것이 분명했다.

하지만 진양의 곁에 있던 동갑내기 단지겸(段知謙)이 이를 보고 여동추를 불러 세웠다.

"여동추, 네 먹물이 진양의 화선지에 튀었어."

"응? 무슨 소리야?"

여동추가 몸을 돌려세우더니 능청을 떨었다.

단지겸이 진양의 화선지를 가리켰다.

"여기 봐. 네 먹물이 화선지에 튀었잖아."

"어? 정말 화선지에 먹물이 찍혔네?"

여동추가 이죽거리자 단지겸이 또박또박 말했다.

"진양에게 사과해."

그러자 여동추가 눈썹을 성큼 추켜올리더니 콧방귀를 꼈 다.

"뭐라는 거야? 내가 왜 사과를 해야 해?"

"너도 봤잖아. 진양의 화선지에 먹물이 튀어 있는걸."

"그래서? 그게 내가 그랬다는 증거 있어?"

이렇게 되자 아이들의 이목이 집중되는가 싶더니 이내 술렁거리며 양진양의 주위로 몰려들기 시작했다.

양진양은 괜히 일이 시끄러워지는 것이 싫었지만, 자신을 위해 대신 나서준 단지겸을 나무랄 수도 없는 노릇이라 가만히 서 있기만 했다.

어느새 주위에 몰려든 아이들은 두 패로 갈려서 서로 의견 충돌을 일으키고 있었다. 여동추는 또래 사이에서 힘깨나 쓰는 아이였고, 양진양은 운동신경이 젬병이었지만 너그럽고 소탈한 마음씨로 많은 친구를 둔 아이였다.

때문에 여동추를 지지하는 아이들과 양진양을 지지하는 아이들이 자연히 패를 나누어 서로 말다툼을 벌이게 된 것이다.

숙연한 분위기마저 느껴지던 대청은 이제 저잣거리 복판과 다를 바 없이 시끄러워졌다.

단지겸이 눈을 부릅뜬 채 여동추를 노려보았다.

"네가 그러지 않았다면 누가 그랬겠어? 네가 옆을 지나가고 있었잖아."

"옆을 지나갔다고 내 짓이라는 거야? 그럼 옆자리에 있었던 너는? 아! 혹시 네가 실수로 먹물을 튀어놓고 나한테 뒤집어씌우는 것 아냐?"

여동추의 말에 단지겸의 얼굴이 벌겋게 달아올랐다.

불의를 보고 참지 못해 용감하게 나서긴 했지만, 역시 아직은 열두 살의 어린아이였다. 단지겸은 갑자기 누명을 덮어쓰자 억울한 심정에 눈물까지 핑 돌 지경이었다.

"너… 너……!"

단지겸이 손가락을 부들부들 떨며 여동추를 가리킨 채 말을 잇지 못했다. 머릿속에서는 양진양에게 먼저 자신이 한 짓이 아니라고 해명해야 하는 게 아닌지 혼란스러웠다.

한편 양진양은 지금껏 여동추의 행동을 모른 척했는데, 녀석이 이제 옆자리에 있던 단지겸까지 모함하자 불끈 화가 치솟았다.

하지만 양진양은 화를 내는 대신 단지겸을 돌아보며 말했다.

"괜찮아. 네가 한 게 아니란 것 알아. 그리고 글씨는 다시 쓰면 돼."

그러자 여동추가 다시 시비를 걸어왔다.

"뭐야? 그럼 내가 그랬단 말이야? 증거 있어?"

양진양은 여동추의 말에 일언반구도 하지 않았다. 대신 화선지를 걷어치우고 새로운 화선지를 책상 위에 올려놓은 뒤 서진으로 고정시켰다.

그러는 사이 여동추가 더욱 화를 내며 소리쳤다.

"흥! 이제는 아예 무시하겠다는 거야? 우리 중에서 너 혼자 출첩(出帖:모방 없이 글 쓰는 단계)에 들어갔다고 잘난 척하는 거야? 야! 내가 말하고 있잖아! 날 보란 말이야!"

양진양은 고함 소리를 들으면서도 일절 눈길도 주지 않았다.

대신 붓을 들어 다시 글씨를 써 내려갔다.

이번에는 글자 하나하나가 앞서 시구와 달리 강맹하고 힘이 넘쳤다. 필획에서 굳센 의지까지 느껴지니 아이들이 저마다 감탄을 내뱉었다.

非禮勿視   예가 아니면 보지 말고
非禮勿聽   예가 아니면 듣지 말라.

논어(論語)에 나오는 말이다.

즉, 무례한 네놈 입은 보지도 않을 것이며, 네 이야기는 듣지도 않겠다는 뜻으로 교묘히 인용한 것이다.

여동추 역시 그 속뜻을 알고 있는 터라 더욱 화가 났다.

"이 자식!"

이윽고 여동추가 진양의 멱살을 잡았다.

학림관은 본래 서예당이었지만, 이제는 규모가 커지면서 가벼운 무예까지 가르치고 있었다. 여동추는 서예 실력은 볼

품없었지만 무예 실력만큼은 또래 아이 중 으뜸으로 꼽혔다.

그런 여동추가 양진양의 멱살을 쥐고 흔들자, 그야말로 거센 바람결에 이리저리 휘날리는 앙상한 나뭇가지를 보는 격이었다.

양진양을 지지하는 아이들이 삿대질을 하며 소리쳤다.

하지만 여동추는 그럴수록 신나게 멱살 쥔 손을 흔들어댔다.

"날 무시하고 잘난 척했으니까 어서 사과해!"

"그만둬! 진양이 잘난 척한 적 없잖아!"

단지겸이 얼른 나서서 말렸지만 여동추는 막무가내였다.

"내 말을 무시하고 대꾸도 하지 않았잖아! 그게 잘난 척이 아니면 뭐야? 지금도 나랑 눈도 마주치지 않잖아?"

그 말대로 양진양은 멱살이 잡혀 이리저리 흔들리면서도 여동추에게 시선 한 번 던지지 않았다. 그것은 힘없는 양진양이 할 수 있는 최후의 저항이나 다름없었다.

화가 머리끝까지 치솟은 여동추는 양진양을 양손으로 번쩍 들더니 그대로 바닥에 내동댕이쳤다.

쾅당!

양진양이 엉덩방아를 찧고 넘어지면서 무릎으로 책상을 쳤다. 그 바람에 벼루에 담긴 먹물이 넘쳐흐르면서 진양의 얼굴과 몸에 잔뜩 튀어버렸다.

양진양과 친한 아이들은 분노를 감추지 못한 채 삿대질을 하며 욕설을 퍼부었고, 여동추와 친한 아이들은 냉랭하게 비웃음을 터뜨렸다.

　본래 친구는 끼리끼리 논다고 하지 않던가.

　양진양과 친한 아이들은 대체로 무예에 소질이 없는 편이었다. 그러다 보니 양진양을 부축해 주는 아이들도 그저 울분을 삼킬 뿐 선뜻 여동추에게 달려들지는 못했다.

　양진양은 여러 아이들 앞에서 창피를 당하고 넘어져 다치기까지 하자 울분이 치밀어 올라 눈물마저 핑 돌았다.

　하지만 결코 여동추에게 우는 모습을 보일 수는 없었다. 그래서 입술을 질끈 깨물고는 울음을 꾸역꾸역 삼켰다.

　그때 근엄한 목소리가 대청 입구에서 들려왔다.

　"왜 이리 소란스러운 게냐?"

　깜짝 놀란 아이들이 얼른 양손을 가지런히 모으고는 고개를 숙이며 물러났다. 난장판의 중심에 서 있던 여동추는 상대를 보고 안절부절못하는 기색으로 두어 걸음 물러났다.

　아이들 사이로 나타난 사람은 앞서 노인과 차를 마시던 청의중년인이었다. 그가 바로 학림관의 관주인 성조영(成照英)이었다.

　성조영은 여동추와 양진양을 보더니 혀를 끌끌 찼다.

　"동추야, 또 싸움을 하고 있었던 것이냐?"

"진양이 잘난 척을 해서······."

여동추가 말끝을 흐렸다.

성조영은 소년 여동추가 호승심이 강하고 편협한 성격이라는 것을 잘 알고 있었다.

그는 짐짓 엄한 표정으로 여동추를 꾸짖었다.

"시끄럽다. 네 자리로 돌아가거라."

"예······."

여동추가 시무룩한 표정으로 물러갔다.

성조영은 책상 옆으로 치워놓은 이백의 시가 적힌 화선지와 이제 막 논어의 글귀를 적은 화선지를 각각 챙기고는 양진양을 보았다.

"진양아, 나를 따라오너라."

"예, 관주님."

아이들은 관주가 진양만 데려가는 것을 보며 술렁거리기 시작했다. 그들은 소란을 피운 진양을 크게 혼낼 것이라고 생각한 것이다.

한편 양진양은 성조영의 뒤를 따라가며 생각에 잠겼다.

'관주님이 왜 나만 따로 부르시는 걸까? 혹시 여동추와 싸운 것 때문에 혼을 내려고 그러시는 걸까?'

그렇게 생각하자 꾹 눌러 참았던 눈물이 핑 돌았다.

서러움이 복받치자 갑자기 아버지의 얼굴이 떠오르고 어

머니의 자애로운 목소리가 그리워졌다.

하지만 이미 삼 년 전에 돌아가신 부모님을 어디서 찾는단 말인가?

순식간에 그리움은 눈물로 변해 뺨을 타고 주르륵 흘러내렸다.

성조영은 복도를 따라 걷다가 등 뒤에서 흐느끼는 소리가 들리자 몸을 돌려세우고 물었다.

"진양아, 왜 우는 것이냐? 동추에게 맞은 데가 아픈 것이냐?"

문득 부드러운 목소리가 들리자, 어린 양진양은 더욱 감정에 북받쳐 와락 울음을 터뜨리고 말았다.

성조영은 당황하면서도 얼른 진양의 어깨를 토닥이며 달랬다.

"무슨 일이 있었더냐?"

"절 혼내려고 데려가시는 거죠?"

"널 혼내다니?"

성조영이 어리둥절한 표정으로 되묻자 양진양이 울먹이며 말을 이어갔다.

"전 잘못한 것 없어요. 동추가… 동추가 제 화선지에 먹물을 뿌려서… 그래서 지겹이 나서서…….''

어린 양진양이 숨도 제대로 못 쉴 정도로 흐느끼며 말하자,

성조영은 도무지 무슨 말인지 알아들을 수가 없었다.

하지만 그는 양진양이 왜 우는지 그 이유만큼은 이제 알 수 있었다.

그가 양진양의 머리를 쓰다듬으며 부드러운 목소리로 일렀다.

"진양아, 나는 너를 혼내려고 데려가는 것이 아니다."

"정말… 요?"

"정말이지."

"그럼… 절 왜 데려가시는 거예요?"

"네 재주를 보고 싶다는 분이 계시다. 널 그분께 소개시키려고 그런다. 그러니 이제 울지 마렴."

그제야 양진양이 진정을 하고 소매로 눈물을 훔쳤다.

하지만 뺨에 묻은 먹물이 번지면서 얼굴은 더욱 시커멓게 더러워지고 말았다. 성조영은 그저 웃어 보이고는 다시 걸음을 옮겼다.

양진양은 성조영을 따라 복도 끝에 위치한 지객실로 들어갔다. 실내에 들어서자 제일 먼저 작달막한 체구에 회색빛 도포를 입은 노인이 눈에 들어왔다.

탁자에 앉아 있는 그는 이마에 주름 두 가닥이 깊게 파여 있었고, 양쪽 입꼬리가 아래로 처져서 어딘지 불만이 가득해 보이는 인상이었다.

노인은 양진양을 흘깃 보더니 성조영에게 물었다.

"이 아이인가?"

"그렇습니다. 진양아, 인사 올려라. 이분은 천상련의 천보각주이시다."

양진양은 천상련이 뭔지 천보각주가 어떤 사람인지 몰랐다. 다만 관주가 시키니 그저 예를 차려 인사를 올릴 뿐이었다.

"안녕하세요. 양진양이라고 합니다."

노인은 인사를 받는 둥 마는 둥 하고는 날카로운 눈초리로 진양을 위아래로 훑어보았다. 가뜩이나 왜소한 몸집에 먹물까지 뒤집어써서 꼬질꼬질한 몰골이니 영 신뢰가 가지 않았던 것이다.

그가 대뜸 굵은 붓 한 자루를 내밀더니 퉁명스레 말했다.

"들어라."

"예?"

"내 말이 들리지 않느냐? 붓을 들란 말이다."

"예."

양진양은 그렇잖아도 노인의 괴팍한 인상에 잔뜩 주눅이 들어 있었는데, 다짜고짜 호통을 치니 겁에 질려 얼른 붓을 잡았다.

노인이 탁자 위에 놓인 화선지를 가리키며 말했다.

"여기에 글씨를 써보아라."

"무슨 글을 쓸까요?"

"해서로 영(永) 자를 써보아라."

양진양은 이제야 노인이 자신을 시험한다는 것을 깨달았다.

'영(永)' 자는 모두 여덟 개의 기본 필획, 즉 점, 가로, 꺾임, 세로, 갈고리, 제, 삐침, 파임을 모두 보여주는 글자다. 때문에 처음 서예를 배울 때는 이 글자로 연습을 많이 한다.

노인은 양진양이 '영' 자를 쓰는 것을 보고 그 서예 실력을 가늠해 보려는 것이었다.

양진양은 이미 벼루에 먹이 갈아져 있는 것을 보고 붓을 들어 찍었다.

그리고 막 글씨를 쓰려고 할 때였다.

노인이 미간을 잔뜩 좁히더니 느닷없이 콧방귀를 뀌며 성조영을 냉랭하게 돌아보았다.

"자네, 집필법(執筆法:붓을 쥐는 법)도 제대로 모르는 아이를 데려온 건가?"

하지만 성조영이 그저 담담한 표정으로 대꾸했다.

"우선 두고 보시지요."

노인은 뭐라고 한마디 더 하려다가 마뜩찮은 표정으로 다시 양진양을 바라보았다.

양진양은 엄지와 검지로 붓을 잡고 나머지 손가락을 붓대 안으로 말아 넣었는데, 이는 단구법(單鉤法)이라는 집필법이었다. 단구법은 손가락에 힘이 제대로 들어가지 않기 때문에 큰 붓을 잡을 때는 거의 사용하지 않는다.

한데 양진양이 들고 있는 붓은 여느 붓에 비해서도 큰 편이었다. 그럼에도 단구법으로 쥐고 있으니 제대로 된 글씨가 나올 리 없다. 이럴 때는 당연히 세 손가락으로 붓대를 잡는 쌍구법(雙鉤法)을 사용해야 했다.

하지만 성조영이 워낙 담담한 태도로 대꾸하니 노인도 우선은 지켜보자는 생각으로 아무런 말도 하지 않았다.

양진양은 잠시 눈치를 살피다가 성조영이 고개를 끄덕이는 것을 보고는 용기를 내어 글을 적었다.

먼저 점획을 찍고 가로획을 그은 다음 꺾은 획에 이어 세로획으로…….

큰 붓으로 해서체를 쓰는 만큼 필획 하나하나에 정성을 쏟아부었다.

이윽고 글자를 완성한 양진양이 붓을 내려놓고 노인의 눈치를 조심스레 살폈다.

한데 노인이 두 눈을 부릅뜬 채 화선지의 글씨를 뚫어지게 노려보는 것이 아닌가.

양진양은 자신이 글씨를 너무 못 써서 그런 줄로 알고 잔뜩 목을 움츠렸다.

반면 노인은 두 눈을 질끈 감았다가 다시 뜨고는 양진양의 글씨를 빤히 바라보았다.

그가 내심 혀를 내둘렀다.

'어떻게 이럴 수가 있나? 이만 한 붓으로 이 정도 크기의 글씨를 적으려면 당연 쌍구법으로 쥐어야 할 것인데. 물론 집필법이 잘못된 만큼 필력(筆力)이 완전하진 못하다. 하나 이렇듯 골기(骨氣)가 제대로 드러나고 있으니 이 아이의 서예 실력이 보통이 아니로구나.'

뿐만 아니라 필획 하나하나가 단정하면서도 유려하게 흐르고 있어 글자에서 그 뜻마저 우러나오는 듯했다.

사실 노인으로서는 이렇게 뛰어난 재능을 가진 아이가 필요한 것은 아니었다. 그저 필체가 단정하고 장시간 글을 적어도 골기가 흐트러지지 않을 정도면 충분했다.

하지만 이왕이면 다홍치마가 아니겠나?

막상 비상한 재주를 가진 아이를 눈앞에 두고 보니 욕심이 생겼다.

부족한 집필법이야 얼마든지 가르치면 될 터였다.

그때 성조영이 걸어와서 화선지 두 장을 내밀었다.

"이것도 이 아이가 적은 겁니다."

노인이 펼쳐 보니 이백의 시와 논어의 글귀가 적혀 있었다.

글씨는 초서에 가까운 행서체였다.

이백의 시는 필치가 자유롭고 부드러우며 마치 시냇물이 굽어 흐르듯 유려했다.

반면 논어의 글귀는 굳센 의지가 느껴지듯 필획 하나하나에 힘이 넘쳤다.

노인이 천천히 고개를 끄덕였다.

'이 아이는 작자의 심상을 공감하는 것뿐만 아니라 글자 하나하나의 뜻을 완전히 이해하고 있다. 게다가 거기에 그치지 않고 수려한 필체로 글자에 뜻을 담아내니 보는 자가 절로 깨달아지는 바가 있겠구나. 그렇다면 이 아이야말로 내가 찾던 아이가 아닌가?

그는 양진양을 물끄러미 바라보다가 입을 열었다.

"지금 네가 가장 간절히 하고 싶은 것을 적어보아라."

양진양은 잠시 어리둥절한 표정을 지었다. 갑자기 하고 싶은 것을 글로 적으라니 무슨 의도일까?

하지만 진양은 곧 깊은 생각을 거두고 주저없이 글자 하나를 적었다.

효(孝).

노인은 그 한 글자를 한참 동안 바라보다가 물었다.

"왜 '효'를 적었느냐?"

"'효' 자는 늙은[老] 부모를 아들[子]이 업고 있는 모습이잖아요. 만약 부모님이 계셨다면 저는 어머니와 아버지를 업어 드리고 싶다는 생각이 들었어요. 부모님이 너무 보고 싶거든요. 하지만 지금은 절대 할 수 없어요."

양진양이 울적한 표정으로 대꾸했다.

그 말을 들은 노인과 성조영은 저마다 마음이 아려왔다. 양진양의 목소리도 서글프게 들렸지만, 무엇보다도 화선지에 적힌 '효'라는 글자에서 그 뜻을 분명히 읽을 수 있었기 때문이다.

아닌 게 아니라, 진양이 적은 글자를 보면 정말 노모를 업은 아들의 모습이 선명하게 떠오르는 듯했다.

어린아이가 글자의 뜻을 정확하게 이해하고 그 어원까지 알고 적절히 응용했으니 여간 기특한 일이 아니었다.

노인이 다시 물었다.

"언제부터 글자에 뜻을 담았느냐?"

양진양은 당연한 걸 물어본다는 듯 의아하게 그를 바라보다가 곧 대답했다.

"저한테 글을 가르쳐 주신 분은 아버지예요. 아버진 항상 글자를 깊이 이해하게 되면 그 속에 숨은 뜻을 알 수 있다고 하셨어요. 전 아직 어려서 잘 모르지만 쉬운 것들은 알 수 있

어요. 그리고 아버진 글자를 쓰는 것이 중요한 게 아니라 글
자에 담긴 철학을 깨닫는 게 중요하다고 했어요. 전 아직 철
학이 뭔지 잘 모르겠지만, 아버지는 글자를 오랫동안 들여다
보면 언젠간 깨달을 수 있다고 하셨어요."

"클클, 제법 영특한 녀석이로군. 네 아버지는 누구냐?"

"양, 문(文) 자, 정(正) 자입니다."

진양의 대꾸에 성조영이 나서서 말을 보탰다.

"직례(直隷:현재의 안휘와 강소) 일대에서 서예가로 유명한
분이었습니다. 다만 몇 년 전에 역모 사건에 휘말렸지요."

"아버진 나쁜 일 하지 않았어요!"

양진양이 발끈해서 소리쳤다.

노인은 그저 아무런 말 없이 생각에 잠겼다. 굳이 진양이
소리치지 않았어도 그쯤은 충분히 짐작할 수 있었다. 호유용
사건 이래로 황제는 무고한 사람을 수없이 죽여대고 있었다.
제법 이름난 권문세가라면 언제 어느 때 일족이 멸할지 알 수
없는 노릇이었다.

양진양은 아마도 그 부모가 남몰래 빼돌려 운 좋게 살아남
은 것이리라.

한참 동안 생각을 거듭하던 노인이 천천히 고개를 끄덕였
다.

"좋네. 이 아이로 결정하겠네."

노인의 목소리가 모처럼 밝아졌지만, 성조영의 표정은 오히려 착잡하게 굳었다.

　영문을 모르는 양진양은 그저 어리둥절한 표정으로 두 사람을 번갈아 볼 뿐이었다.

　대별산(大別山) 중턱 학립관 정문.

　양진양은 말끔하게 차려입은 모습으로 노인을 따라나섰다. 어디로 가는지도 모른 채 그저 관주님의 말씀에 따라 여벌 옷까지 챙기고 나선 것이다.

　성조영은 노인을 따로 이끌더니 나직한 목소리로 물었다.

　"아이는 언제쯤 돌려보내 주실 건지요?"

　"돌려보내다니?"

　"진양이 말입니다. 때를 알려주셔야 저희가 가서 데려오지요."

　그러자 노인이 이맛살의 주름을 더욱 깊게 새기더니 퉁명스레 말했다.

　"내가 언제 돌려보낸다고 했던가?"

　"그게 무슨 말씀이십니까?"

　"저 아이를 돌려보낼 일은 없을 거네."

　"그럼 아예 데려가겠다는 말씀입니까?"

　성조영이 놀란 표정으로 묻자, 노인이 냉랭한 표정으로 대꾸했다.

"그럴 셈이네."

성조영은 뜻밖의 대답에 잠시 멍한 표정을 지었다.

'어쩐지 예감이 좋지 않더라니……'

천상련에서는 가끔 학립관의 아이들을 데려가곤 했다. 하지만 대부분 일정 시일이 지나면 아이들을 되돌려 보내주곤 했던 것이다.

물론 아예 데려가는 경우도 있었지만, 대부분 그럴 때에는 학립관의 모든 과정을 수료한 아이들에 한해서였다.

한데 이제 열두 살밖에 되지 않은 양진양을 영영 데려가겠다니, 도대체 그 아이에게 무슨 일을 시키려는 것일까?

어찌 됐든 천상련이 정한 일이다.

힘이 없는 학립관으로서는 그저 따를 수밖에 없었다.

성조영이 정문 곁에 서 있는 양진양을 힐끔 보고는 길게 한숨을 내쉬었다.

"그럼 아이를 잘 부탁드리겠습니다."

"흥! 아이가 천상련에 들어온 이상 학립관이 신경 쓸 일은 아닐세."

성조영은 노인의 차가운 목소리를 들으면서 더욱 마음이 불안해졌다.

그렇다고 아이를 보내지 않겠다고 버틸 수도 없었다.

상대는 천보각주다.

학립관에서 무예 좋은 선생들을 모조리 동원하더라도 그를 이겨낼 수는 없을 것이다. 이길 수 있다고 한들, 무림 사파의 지존이라 불리는 천상련을 상대로 밉보일 짓을 할 수야 없지 않나.

결국 성조영은 아무런 말도 하지 못한 채 노인을 배웅할 수밖에 없었다. 노인을 따라가는 양진양을 측은한 마음으로 배웅하다 보니 어느새 학립관으로부터 삼 리나 벗어나 있었다.

노인이 몸을 돌려세우더니 신경질적으로 소리쳤다.

"자네, 천상련까지 따라올 생각인가?"

"아, 아닙니다. 그럼 살펴 가십시오."

노인은 그저 콧방귀만 뀔 뿐 아무런 대꾸도 하지 않았다.

성조영이 그에게 다가가 은자 석 냥을 쥐어주었다.

"여비에 보태십시오. 혹시 진양이 먹고 싶은 게 있다면 이돈으로 사주시면 감사하겠습니다."

"흥! 여기서 천중산(天中山)까지 얼마나 된다고 이러나? 아니면 날 이 아이의 유모쯤으로 여기나 보군!"

"그럴 리가요."

성조영은 손사래를 치고는 양진양을 바라보았다.

그는 진양이 학립관에 들어올 때부터 타고난 재주를 눈여겨보고 다른 아이들보다도 예뻐했다.

한데 이제 영영 학립관을 떠나게 됐으니 못내 마음이 아팠다. 게다가 하필이면 떠나게 된 곳이 천상련이니 불안한 마음을 억누를 길이 없었다.

"진양아, 천상련으로 가거든 각주님의 말씀을 잘 따라야 한다. 아무쪼록 몸 건강히 잘 지내도록 하여라."

"네, 관주님. 관주님도 항상 건강하세요."

양진양은 공손한 자세로 대답하고는 돌아섰다.

갑자기 학립관을 떠나게 된 진양이었지만, 부모님이 돌아가신 후 줄곧 거처를 옮겨 다니며 생활했기 때문에 지금도 별로 놀란 표정이 아니었다. 오히려 성조영보다도 더욱 담담하게 현실을 받아들이고 있었다.

다만 일 년여의 시간을 학립관에서 보내면서 그동안 쌓였던 정이 있는지라 관주님과 헤어지는 것이 그저 아쉬울 따름이었다.

성조영은 미소로 답하고는 멀어져 가는 두 사람을 가만히 서서 지켜보았다.

두 사람이 저만치 언덕을 넘어 더 이상 보이지 않게 될 쯤에서야 그는 쓸쓸한 표정으로 발길을 돌렸다.

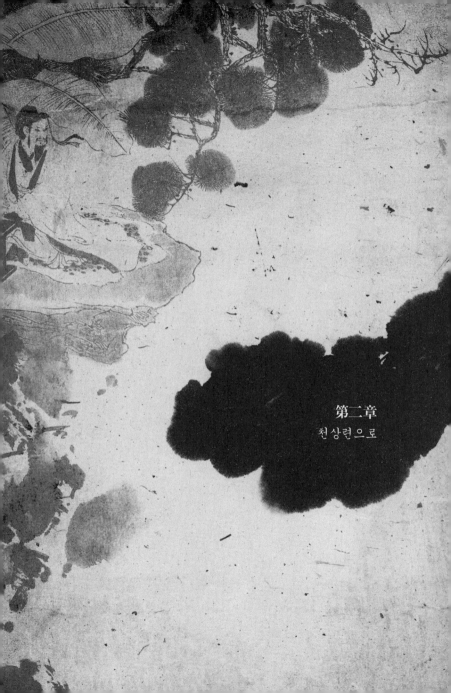

第二章
천상련으로

양진양은 부지런히 노인을 따라 길을 걸었다. 노인은 줄곧 관도를 이용해서 걸었지만, 걸음이 어찌나 빠른지 진양으로서는 뛰고 걷기를 반복해야만 겨우 나란히 따라갈 수 있을 정도였다.

처음에는 양진양도 이를 악물고 따라갔다.

하지만 시간이 흐를수록 다리가 아프고 발이 퉁퉁 붓기 시작해서 도저히 버틸 수 없는 지경까지 이르렀다. 결국 언덕길을 오르던 진양이 다리에 힘이 풀려 풀썩 쓰러지고 말았다.

앞서 걷던 노인이 힐끔 돌아보더니 차갑게 쏘아붙였다.

"어서 일어나지 않고 뭐하느냐?"

"각주 어르신, 조금만 쉬었다가 가요. 다리가 너무 아파서 걷지 못하겠어요."

"겨우 얼마를 걸었다고 엄살이냐?"

노인이 날카롭게 쏘아붙이자 진양도 더는 조르지 못하고 자리에서 일어섰다.

하지만 지금까지 무리하게 걸은 데다 발이 심하게 부어오른 상황이라 몇 걸음 내딛지 못하고 다시 쓰러지고 말았다.

보다 못한 노인이 진양에게 다가왔다.

"어디 한번 보자."

진양이 눈치를 살피며 발을 내밀었다.

노인은 진양의 다리와 발목을 이리저리 만져 보더니 눈썹을 슬쩍 찌푸렸다. 진양의 발목이 생각보다 심각하게 부어올라 있었던 것이다.

'그러고 보니 이 아이는 무공을 전혀 익히지 않았더랬지.'

그는 뒤늦게 자신의 실수를 자각했다.

지금까지 걸어온 속도가 빠르다곤 할 수 없었지만, 평범한 아이가 따라오기에는 분명 힘겨웠을 터다.

그는 무의식중에 진양이 무공을 어느 정도 익힌 아이라고 생각했던 것이다.

천상련에 소속된 아이라면 걸레질을 하는 시동조차도 기

본적인 무공은 익히게 마련이다. 때문에 노인은 지금까지 평범한 아이의 걸음 속도를 한 번도 맞춰줘 본 적이 없다. 그러다 보니 자연스레 평소의 습관대로 진양을 데리고 걸었던 것이다.

'제법 오래 버틴 게로군.'

노인은 길가의 바위로 가서 걸터앉았다.

"이리 와서 앉아보아라."

양진양은 이제야 겨우 쉴 수 있게 됐다는 생각에 기꺼운 마음으로 바위까지 비틀비틀 걸어갔다. 그러고는 바위 위에 털썩 주저앉자 노인이 진양의 오른쪽 발목을 만지더니 가만히 힘을 주었다.

순간 시원한 기운이 발목을 통해 줄기줄기 들어왔다. 이내 진양은 다리가 노곤해지고 발이 편안해지는 기분을 느꼈다.

노인은 왼쪽 발목도 같은 방식으로 만져 주고 나서는 퉁명스레 말했다.

"일각 정도 쉬었다가 가도록 하자."

"네!"

양진양이 기운차게 대답했다.

노인이 발목을 만져 준 이후로는 통증이 확연히 사라지는 것을 느낄 수 있었다. 게다가 시간이 흐를수록 발의 붓기도 눈에 띄게 줄어들고 있었다.

진양은 노인을 보면서 어쩌면 무서운 사람이 아닐지도 모르겠다는 생각을 했다.

그렇게 일각이 흐르고 두 사람이 천천히 일어나려고 할 때였다. 어디선가 날카로운 쇳소리가 들리더니 이내 고함 소리와 기합 소리가 번갈아가며 들렸다. 이윽고 언덕 아래에서 한데 어우러져 싸우는 예닐곱 명의 무인이 눈에 들어왔다.

양진양이 목을 길게 빼고 바라보니 다섯 명의 무인이 두 사람의 남녀를 공격하고 있었다. 두 남녀는 수적 열세에도 불구하고 치열한 공방전을 펼치고 있었다.

하지만 노인은 전혀 관심 밖인지 엉덩이를 툭툭 털고 일어나 무심히 걸음을 옮겼다.

양진양이 얼른 노인 곁으로 쪼르르 달려갔다.

"각주 어르신, 저 아래에서 싸움을 하고 있어요."

"그게 나랑 무슨 상관이냐?"

노인의 반응이 냉랭하기만 하자 진양은 괜히 머쓱해져서 머리를 긁적이고는 가만히 뒤를 따라갔다.

하지만 두 사람이 걸어갈수록 언덕 아래에서 들려오는 싸움 소리는 오히려 점점 가까워지기만 했다. 이윽고 바로 등 뒤까지 소리가 따라붙었다 싶더니, 백의를 걸친 남자가 적에게 일격을 당하고 노인 쪽으로 날아왔다.

"앗!"

양진양이 깜짝 놀라서 외마디 비명을 내질렀다.

자칫하다가는 남자가 노인의 등을 그대로 덮치게 생긴 것
이다.

한데 노인은 남자와 부딪치기 직전, 몸을 팽이처럼 팽그르
르 돌리더니 이어서 왼손으로 남자의 등을 툭 떠밀었다. 그
덕분에 남자는 노인과 적당한 거리를 두고 안전하게 착지할
수 있었다.

"아……!"

양진양이 안도와 감탄의 탄성을 흘렸다.

한편 백의남자는 노인의 뛰어난 순발력에 내심 놀랐지만
애써 침착한 태도를 보이며 포권지례를 취했다.

"선배님의 도움에 감사드립니다."

이쯤 되자 노인으로서도 마냥 무시할 수만은 없었다. 그가
고개를 힐끗 돌려 바라보니 백의남자는 이목구비가 뚜렷하고
체구가 건장한 청년이었다. 손에는 기다란 장검 한 자루가 쥐
어져 있었는데, 곧게 뻗은 날이 차갑게 빛나고 있었다.

그때 젊은 여자가 날듯이 다가왔다. 그녀 역시 백옥처럼 흰
피부에 눈망울이 영롱한 미녀였다. 그녀가 백의남자에게 물
었다.

"원 사형, 괜찮으세요?"

"괜찮아. 사매는 좀 어때?"

"저도 괜찮아요."

여자가 짐짓 힘있는 목소리로 대답했다.

하지만 그녀의 숨소리는 몹시 거칠었다. 게다가 격한 싸움으로 머리카락은 마구 헝클어져 있었고 온몸은 땀으로 흠뻑 젖어 있었다.

남자는 그녀의 체력이 이제 바닥을 보이고 있다는 것을 잘 알고 있었다.

'사매가 힘들어하고 있어. 어떻게든 수를 내지 않으면 안 되겠어.'

그러는 사이 두 사람을 공격하던 다섯 무인이 사방을 포위했다.

백의남자가 그들 중 우두머리로 보이는 텁석부리사내를 향해 소리쳤다.

"당신들과 우리가 서로 원수진 일이 없을진대, 어째서 이렇게 시비를 걸어오는 것이오?"

"흥! 원수진 일이 없긴 왜 없느냐? 네놈들이 내 아우의 손가락 두 개를 자르지 않았더냐?"

"하지만 그건 그자가 먼저 사매에게 몹쓸 짓을 하려 했기 때문이었소!"

"어쨌든 네놈들도 손가락 두 개를 내놓아라!"

"그럴 수는 없소이다!"

"그럼 목을 가져갈 수밖에!"

텁석부리사내가 날이 시퍼런 도를 휙 저으며 다가왔다. 그것을 신호로 다른 네 명의 무인도 살기를 드러내며 두 남녀에게 서서히 다가갔다. 드러나는 살기만 보아도 이들 다섯 명의 무예 실력이 예사롭지 않다는 것을 확연히 느낄 수 있었다.

남자는 상황이 좋지 않게 흐르자 문득 손을 들어 올리고 소리쳤다.

"잠깐!"

"뭐냐?"

"여기 싸움에는 무관한 어르신과 아이가 있으니 은원을 따지는 건 잠시 미루는 것이 어떻겠소?"

남자는 짐짓 두 사람의 안위를 위하는 척 말했지만, 사실 노리는 바가 따로 있었다.

만약 텁석부리사내가 이 제안을 받아들인다면 잠시나마 시간을 끌면서 쉴 수 있으리라. 어쩌면 그러는 동안 대책을 세울 수 있을지도 몰랐다.

하지만 그보다 더욱 기대를 거는 쪽은 바로 정체불명의 노인이었다.

남자는 조금 전 노인과의 접촉을 통해 상대가 상당한 무공을 익힌 고수라는 것을 어렴풋이 짐작할 수 있었다. 만약 노인이 자신의 이런 태도에 마음이 동해서 싸움을 도와주기만 한다면 큰 힘을 얻을 수 있을 터였다.

하지만 그의 기대는 다음 순간 완전히 무너지고 말았다.

노인은 남자의 말을 신경도 쓰지 않은 채 가던 길을 재촉할 뿐이었고, 텁석부리사내 역시 한마디로 제안을 묵살했다.

"흥! 어림없는 소리!"

사정이 이렇게 되자 남자는 아랫입술을 질끈 깨물고는 서서히 공력을 끌어올렸다.

이제는 사매와 단둘이 죽기 살기로 싸우는 수밖에 없었다.

한편 양진양은 다섯 명이 두 명을 공격하는 모습을 보면서 몹시 불합리하다고 생각했다. 게다가 공격당하는 두 사람은 선남선녀이니 자연히 도와주고 싶은 마음이 생겨났다. 그래서 노인을 바짝 뒤쫓으면서 일부러 큰 소리로 물었다.

"각주 어르신, 다섯 사람이 두 사람을 한꺼번에 공격하면 비겁한 거죠?"

흉흉한 분위기 속에 아이의 낭랑한 목소리가 들려오자, 텁석부리사내가 잔뜩 미간을 구기고 시선을 돌렸다.

"꼬마야, 지금 뭐라고 했느냐?"

양진양은 사내의 험상궂은 표정을 보고 주눅이 들었지만, 또박또박 할 말은 했다.

"다섯 명이 두 명을 공격하면 비겁하다고 했어요."

진양이 이렇게 나설 수 있는 것도 어찌 보면 마음 한구석에서 노인을 의지하기 때문이기도 했다.

텁석부리사내는 그렇잖아도 기분이 나쁜데 어린아이까지 자신을 무시하고 나서자 단단히 화가 났다.

"흥! 어린 녀석이 겁대가리가 없구나!"

그가 성큼성큼 걸어오는데, 노인이 얼른 아이를 가로막았다.

"철없는 아이가 한 말일세. 신경 끄시게."

텁석부리사내는 걸음을 멈추고 노인을 아래위로 훑어보았다.

보통 이런 상황이면 이마가 땅에 닿도록 절을 하며 사죄해도 그냥 보내줄까 말까다. 한데 이 영감은 고개를 빳빳하게 들고 마을 어른 행세를 하고 있지 않은가.

그 순간 텁석부리사내의 머릿속에 한 가지 생각이 떠올랐다.

그건 이 겁없는 영감과 아이에게 단단히 혼뜨검을 내주는 것과 동시에, 의리있는 척하는 저 청년 무인도 곤란하게 만들 수 있는 방법이었다.

그는 순간 몸을 날리더니 노인을 휘돌아 나가서는 아이의 손목을 왼손으로 낚아챘다. 그야말로 신출귀몰한 솜씨였다.

"요 녀석!"

"아얏!"

양진양이 갑자기 벌어진 일에 놀라서 외마디 비명을 내질렀다.

노인이 이맛살을 구겼다.

"이게 무슨 짓인가?"

"후후. 남의 일에 함부로 끼어든 대가가 무엇인지 가르쳐드리지."

그러자 지켜보던 백의남자가 황급히 나서서 소리쳤다.

"위사령(魏詞令), 어째서 무고한 아이까지 괴롭히는 것이냐!"

"흥! 네놈이 그렇게 의를 내세운다면, 이 아이를 위해서라도 손가락 두 개를 내놓아라. 그렇지 않으면 이 녀석의 손가락 두 개를 대신 가져가마!"

위사령이라 불린 텁석부리사내가 시퍼런 도날을 들어 올리더니 아이의 손가락에 갖다 댔다.

양진양은 졸지에 억센 손아귀에 붙잡혀 옴짝달싹도 하지 못하자 안색이 새파랗게 질렸다.

하지만 그 와중에도 빠져나오기 위해 발버둥치며 악을 썼다.

"이것 놔! 이 나쁜 도적놈아! 내가 뭘 잘못했다고 나한테 이러는 거야!"

그러나 아이가 어른의 힘을 당해내기란 애초에 무리였다.

위사령이 손에 힘을 주니, 양진양은 오히려 잡힌 손목이 아파 오기만 할 뿐이었다.

노인이 눈살을 찌푸렸다.

"아이를 그만 놓아주게."

하지만 곱게 말을 들을 위사령이 아니었다. 그는 코웃음을 칠 뿐 득의양양한 표정으로 백의남자를 쳐다볼 뿐이었다.

백의남자는 낭패한 표정을 지었다.

일이 이렇게 꼬일 줄이야 누가 알았으랴.

위사령이라면 정말로 아이의 손가락 따위는 눈 하나 깜짝하지 않고 잘라낼 위인이었다. 이제 아이가 그의 손에 꼼짝없이 붙들렸으니, 자신이 아무리 신공을 발휘한다고 하더라도 구해내기는 힘들 터였다.

그렇다고 자신들 때문에 아무런 잘못도 없는 아이가 평생을 불구로 살게 할 수는 없지 않나.

백의남자가 참담한 표정으로 입을 열었다.

"좋다, 내가 손가락을 자르지!"

"안 돼요, 사형! 이 일의 발단이 저로부터 시작됐으니 차라리 제 손가락을 자르겠어요!"

여자가 얼른 나서며 소리쳤다.

그때였다.

지금껏 가만히 사태를 주시하던 노인이 돌연 번개처럼 몸을 날렸다. 순식간에 진양의 앞에 다다른 그가 왼손을 뻗더니 손가락으로 위사령의 오른쪽 팔꿈치 천정혈(天井穴)을 가볍게 튕겼다. 그러자 위사령은 오른팔에 힘이 쭉 빠져나가면서 들고 있던 도를 그대로 놓치고 말았다.

챙그랑!

뒤미처 노인은 오른손을 휘둘러 위사령의 왼쪽 손목 회종혈(會宗穴)을 낚아채며 발을 걸어 넘어뜨렸다.

"어이쿠!"

졸지에 엉덩방아를 찧으며 넘어진 위사령은 수치심에 얼굴이 귀밑까지 벌겋게 달아올랐다.

한편 자신들의 우두머리가 속절없이 당하자 백의남자 일행을 둘러싸고 있던 무인 중 두 명이 잽싸게 노인에게 달려들었다.

노인은 왼팔로 양진양의 허리를 껴안아 물러난 뒤 다시 홀몸으로 두 무인에게 마주쳐 나가며 쌍장을 뻗어냈다.

퍼펑!

그의 손바닥에서 무시무시한 장력이 발하자, 칼을 부리며 달려들던 무인 둘이 추풍낙엽처럼 날려가 바닥을 뒹굴었다.

순식간에 세 사람이 쓰러지자 남은 두 명의 무인은 잔뜩 긴장한 표정으로 이러지도 저러지도 못한 채 노인을 경계했다. 노인의 무공이 뜻밖에도 대단하다는 것을 알게 된 이상 경거

망동할 수는 없었다.

노인이 그들을 둘러보며 냉랭한 어투로 소리쳤다.

"자네들의 은원은 자네들끼리 알아서 해결할 것이지 왜 우리한테까지 피해를 주는 겐가?"

그러자 위사령이 가까스로 몸을 일으키고 포권을 취했다. 처음부터 노인이 그의 팔꿈치를 가볍게 튕기기만 했기에 움직이는 데 큰 무리는 없었다. 다만 아직까지 천중혈 주위가 아릿하게 저려오고 있었다.

"후배가 노선배께 큰 결례를 저질렀습니다. 모쪼록 너그러이 용서해 주시기 바랍니다."

그는 노인의 무공 실력에 적지 않게 놀란 터였다.

때문에 조금 전처럼 무시하는 태도는 전혀 찾아볼 수가 없었다.

노인이 냉랭하게 콧방귀만 뀌자, 그가 다른 네 명의 무인을 아울러서 물러나며 말했다.

"선배께서 저희에게 아량을 베푸셨으니 저희도 오늘은 이만 물러가겠습니다."

그러더니 백의남자를 향해 고개를 돌리고 소리쳤다.

"오늘은 여기 계신 선배님을 생각해서 물러가지! 하나 다음에도 우리 혈사채(血死寨)를 건드리면 오늘과 같은 요행은 없을 줄 알아라!"

"위 형의 배려에 감사드리오."

백의남자가 정중히 포권을 취하며 대꾸하자, 위사령은 코웃음을 치고는 몸을 돌려 걸어갔다. 그를 따르는 네 명의 무인도 위사령의 뒤를 쫓더니 이내 언덕 아래로 사라졌다.

일단의 위기를 넘기자 백의남자와 여자가 노인에게 다가와 공손히 인사를 올렸다.

"선배님의 도움에 깊은 감사를 드립니다. 불초 후배는 화산의 제자인 원세형(袁世衡)이라고 합니다. 이쪽은 제 사매입니다."

"여미령(呂美玲)이라고 합니다."

여자도 공손히 허리를 숙이며 사례했다.

노인은 잠시 뜻밖이라는 표정으로 두 남녀를 바라보았다.

그도 그럴 것이, 화산파의 원세형이라면 강호에 소문이 자자한 후기지수가 아니던가. 어린 나이에 무공 수위가 고강해서 소룡신검(小龍神劍)이라는 별호까지 가진 그였다.

그리고 여미령 또한 화산의 속가제자로 화산옥봉(華山玉鳳)이라는 별호로 불리고 있었다.

사실 이 두 사람의 무공은 나이에 비해서는 원숙한 경지에 이르러 있었지만, 그 별호만큼 막강한 실력을 가졌다고 볼 수는 없었다. 단지 화산파의 후기지수라는 지위가 이들 두 사람을 더욱 추켜세워 준 격이라고 할 수 있었다.

이들은 화산파 장문인의 심부름을 받고 직례 지역에 볼일을 보고 돌아가는 중이었다. 한데 여행 도중 혈사채 소속의 무인이 여미령의 미모를 보고 반해 불의한 짓을 저지르려다가 그녀에게 손가락 두 개가 잘리는 불상사를 겪고 만 것이다.

만약 이 두 사람이 강호 경험이 많았더라면 요즘 직례 일대에서 악명 높은 혈사채를 함부로 건드리지는 않았을 것이다.

하지만 두 사람 모두 강호 초출인데다 자신들의 무공 실력을 과신하고 있었기에 앞뒤 따져 보지 않고 홧김에 일을 저지른 것이다.

마침 혈사채에서는 위사령이 아우의 빚을 갚겠다며 찾아나섰고, 오늘과 같은 일이 벌어진 것이다.

노인은 잠시 놀랐던 표정을 이내 지우고는 냉랭하게 대답했다.

"딱히 자네들을 도우려고 나선 것이 아닐세. 처음부터 처신을 잘했더라면 우리가 이런 피해를 당하지도 않았을 것이 아닌가?"

그의 질타에 원세형은 머쓱한 기분이었지만 예를 차리며 물었다.

"선배님의 높으신 존함을 여쭈어도 될는지요?"

"풍천익(風天益)이라고 하네."

노인의 대답에 두 남녀가 서로의 얼굴을 번갈아보았다. 잠시 후 원세형이 조심스럽게 물었다.

　"그럼 혹시 천중산의……."

　"그렇다네. 천상련의 천보각을 맡고 있네만."

　풍천익의 대꾸에 원세형과 여미령의 낯빛이 묘하게 변했다.

　하나 두 사람은 이내 그 표정을 지우고는 다시 한 번 허리 숙여 사례했다.

　"천보각주 풍천익 노협이셨군요. 다시 한 번 깊은 감사의 말씀을 드립니다."

　풍천익은 두 사람의 인사를 받는 둥 마는 둥 하고는 제 갈 길만 고집했다. 양진양도 두 남녀에게 꾸벅 인사를 하고는 노인의 뒤를 쫓았다.

　두 사람이 멀어져 가니 원세형과 여미령도 더는 귀찮게 하지 않고 걸음을 돌렸다.

　풍천익은 그날 저녁 주마점(駐馬店)에 다다라 어느 객점으로 들어갔다.

　대별산에서 천중산까지는 하루면 충분히 갈 수 있는 거리였지만, 학림관을 나설 때가 이미 늦은 오후였고, 어린 양진양의 걸음 속도에 맞추다 보니 하룻밤을 머물 수밖에 없었다.

양진양은 하루 동안 많은 일을 겪은 데다 저녁 늦게까지 이어진 강행군으로 몹시 지친 상태였다. 때문에 저녁을 먹고 침상에 몸을 누이자마자 정신없이 깊은 잠에 빠져들었다.

그런데 삼경(三更:새벽1시)이 막 지날 때쯤이었다.

양진양은 누군가 자신을 안아 드는 바람에 화들짝 놀라 깨어났다.

정신을 차리고 보니 어둠 속에서 웬 사람 하나가 자신을 둘러메는 것이 아닌가. 대경실색한 양진양이 막 소리를 지르려는데, 등골이 찌르르 아파오더니 목이 막혀 아무런 소리도 나오지 않았다.

상대방이 진양의 아혈(啞穴)을 점해 버린 것이다.

그림자는 곧바로 열린 창문을 통해 밖으로 뛰어내리더니 나는 듯이 질주하기 시작했다. 진양은 공포에 질렸지만 혈도가 막혀 아무런 소리도 내지를 수가 없었다.

그때 그림자의 등 뒤에서 노한 음성이 들렸다.

"이건 또 무슨 짓인가?"

양진양이 반가운 마음에 고개를 들어보니 어느새 따라온 풍천익이 바로 뒤에 서 있었다.

그림자가 걸음을 우뚝 멈추고는 몸을 돌렸다. 그는 양진양을 곁에 내려놓았다. 그제야 진양은 달빛에 비친 그림자사내의 얼굴을 자세히 살펴볼 수 있었다.

'이 사람은……!'

놀랍게도 그림자는 낮에 만났던 바로 화산파의 제자인 원세형이었다. 자세히 보니 그의 곁에는 어느새 선녀 같은 외모를 가진 여미령도 서 있었다.

원세형은 다짜고짜 검을 뽑아 들더니 양진양의 목에 갖다 댔다.

그러자 다가오던 풍천익이 눈살을 찌푸리며 우뚝 멈춰 섰다.

"은혜를 원수로 갚는 것이 화산파의 법도이던가?"

"화산에 그러한 법도는 없습니다. 다만 이런 방법이 아니면 저희가 원하는 것을 얻지 못할 것 같아 부득불 손을 쓴 것입니다."

"원하는 것이라?"

그러자 이번엔 잠자코 있던 여미령이 한 걸음 나서며 말했다.

"사문의 비전을 현재 천상련이 소유하고 있다는 것을 알아요. 천보각은 중원의 온갖 무공서가 보유된 곳이라고 하니, 천보각주께서는 누구보다 잘 알고 계실 거예요."

"흐음, 무슨 소린지 도통 모르겠군."

풍천익이 시치미를 떼자 여미령이 발끈해서 소리쳤다.

"설마 칠절매화검(七絶梅花劍)을 천상련이 보유하고 있으면서도 모른 척하시겠다는 건가요?"

칠절매화검은 화산파의 독문 무공으로 대대로 장문인에게만 전해지는 비전 절기였다. 특히 칠절매화검은 매화를 바탕으로 하는 화산의 검법 중에서도 최상승 무공에 속했다. 때문에 장문의 의발(衣鉢)을 이어받을 가능성이 있는 매화검수만이 그 무공을 익힐 수 있었다.

하지만 몇 년 전 화산파는 그 무공비서를 잃어버리고 말았다. 그리고 지금은 그 칠절매화검을 천상련의 천보각이 보유하고 있다는 것을 강호인이라면 모르는 사람이 없을 정도였다.

그런데 화산으로 돌아가던 원세형과 여미령이 우연히 천보각주 풍천익을 만나게 된 것이다.

그들은 이왕 이렇게 된 것 천보각주에게서 칠절매화검을 되찾아서 돌아가기로 결정했다. 만약 뜻대로만 된다면 장문인은 두 사람을 몹시 칭찬하실 터였다. 뿐만 아니라 차기 장문인으로 원세형을 염두에 둘 것이 확고해지지 않겠는가? 여미령 또한 원세형과 서로 호감을 품고 있으니 좋은 일이었다. 그래서 두 사람은 장시간 고민을 거듭한 끝에 지금과 같은 방법을 택했던 것이다.

풍천익이 코웃음을 쳤다.

"그렇다 치고?"

"칠절매화검은 본래 화산의 무공. 만약 저희에게 돌려주신다면 이 아이를 순순히 놓아드리죠."

"글쎄 없는 것을 달라고 떼를 쓰는군."

"물론 지금 당장 내놓으란 얘기가 아니에요. 여기서 천상련은 먼 거리가 아니니 칠절매화검을 가지고 돌아오신다면 이 아이도 무사할 거예요."

그러자 풍천익이 손을 휘이휘이 내저었다.

"그럼 그 아이를 죽이든 말든 자네들 마음대로 하게. 단, 그 후의 일은 각오해야 할 것이야."

원세형과 여미령은 당황한 기색으로 서로를 바라보았다. 그들은 풍천익이 이런 식으로 나올 줄은 생각지도 못했다.

낮에 풍천익이 아이를 위해서 손을 쓴 것을 보고 이 아이를 위협하면 거래에 응할 것이라고 생각했던 것이다. 어쩌면 련주와도 깊은 관련이 있는 아이일 수도 있다고 여겼다.

한데 지금 태도를 보니 그야말로 냉정하기 이를 데가 없었다.

양진양 역시 놀라기는 마찬가지였다.

옆에서 원세형이 시퍼렇게 선 날을 들이밀고 목숨을 위협하고 있는데, 죽이든 살리든 마음대로 하라니! 어쩌면 저리 매정할 수가 있는가?

원세형은 혹시나 하는 마음에 한 번 더 위협을 가했다.

"정말 죽입니다!"

그가 소리치며 살기를 끌어올렸다. 금방이라도 칼날이 양진양의 목을 칠 것만 같았다.

하지만 풍천익은 눈썹 하나 까딱하지 않았다.

"그러든지."

원세형은 기운이 쭉 빠지고 말았다. 상대가 거래에 응하지 않는 데에야 아이를 죽여서 뭐하겠는가?

게다가 그는 처음부터 아이를 죽일 생각까지는 없었다. 어디까지나 위협의 수단이었을 뿐이다.

한데 풍천익은 한 치의 동요도 없으니 계책은 실패한 셈이다.

사정이 이리되자 원세형은 다른 계책을 꺼냈다.

"그럼 한 가지 제안을 해도 되겠습니까?"

"뭔가?"

"저와 사매가 선배님과 대결해서 이긴다면 비전을 돌려주시지요."

원세형은 제안을 하면서도 상대가 받아들이지 않을 것이라고 짐작했다.

그런데 뜻밖에도 풍천익이 믿을 수 없는 말을 꺼냈다.

"클클. 그럼 나도 제안 하나 하지. 내가 자네 둘을 동시에 상대해서 오 초를 넘기지 않고 제압하면 더 이상 귀찮게 하지

말게. 어떤가?'

원세형과 여미령은 서로 눈빛을 교환했다.

'우리를 오 초 안에 제압하겠다고?'

두 사람은 어이없다는 표정으로 풍천익을 바라보았다. 아무리 무공에 자신이 있어도 그렇지, 자신들이 누군가? 비록 강호 초출내기라고는 하나 화산에서는 알아주는 후기지수였다. 아니, 중원 어딜 가나 자신들의 이름을 대면 모두들 고개를 끄덕인다.

오늘 낮에는 다섯 명의 무인이 한꺼번에 덤비는 바람에 비록 수세에 몰렸지만, 만약 일대일의 대결이었다면 위사령 일당에게 결코 뒤지는 실력이 아니었다. 게다가 위사령 역시 만만찮은 무공을 가진 고수였기에 그런 결과로 이어진 것이다.

원세형은 재빨리 속셈을 해보았다.

'이자는 우리를 과소평가하고 있다. 사매와 내가 동시에 덤벼서 오 초를 넘기지 못할 리가 없지.'

그가 여미령에게 고개를 끄덕여 보이곤 얼른 나서서 말했다.

"좋습니다. 대신 선배님께서는 추후에 다른 말씀을 하시면 안 됩니다."

"자네들이야말로 명심하게."

"그러지요!"

원세형은 양진양의 혈을 문질러 막힌 혈도를 풀어주고는 길가로 물러가게 했다. 그러고는 여미령과 함께 나란히 서서 검을 뽑아 들고 기수식을 취했다.

그는 풍천익이 아무런 병기도 가지고 있지 않은 것을 보았지만 상관하지 않았다. 지금은 무슨 수단을 쓰든 오 초를 넘기는 것이 중요했다.

"갑니다!"

원세형이 질풍처럼 내달리더니 검을 곧게 내찌르며 들어 갔다. 이어서 여미령이 기합성을 터뜨리며 검을 가로후리기로 베어갔다.

풍천익은 먼저 원세형의 공격을 피해 몸을 옆으로 기울였다. 그리고 이어지는 여미령의 검날을 피하느라 다시 몸을 뒤로 눕히며 반원을 그렸다. 그러는 동안 그는 한 발자국도 움직이지 않았다. 마치 발에 커다란 추를 매달고 있는 듯 상체만 이리저리 눕혀서 피한 것이다. 그 움직임이 무척 괴이하여 언뜻 몸이 뻣뻣하게 굳은 강시(殭屍)를 보는 것 같았다.

금방 중심을 잡고 선 풍천익은 순간 돌개바람처럼 몸을 회전시키더니 양옆으로 쌍장을 뻗어냈다.

퍼펑!

손바닥에서 강기가 터져 나가자 원세형과 여미령이 제각기 검으로 막아내며 훌쩍 물러났다. 풍천익은 그 기세로 원세형을 향해 쇄도했다. 그가 왼손을 휘둘러 왔다.

이대로라면 원세형은 오른쪽 어깨의 거골혈(巨骨穴)을 당할 수도 있는 상황이었다.

그가 얼른 검을 돌려세우며 막았다.

한데 그 순간 풍천익의 손이 아래로 슥 내려가더니 왼발이 돌아 나오면서 원세형의 왼쪽 무릎 음곡혈(陰谷穴)을 툭 찍어 찼다.

원세형은 순간 무릎이 꺾이면서 전신이 짜르르 떨렸다.

그때 풍천익의 뒤를 노린 여미령이 검을 내려쳤다. 풍천익은 고개도 돌리지 않은 채 오른손을 들어 올리더니 손가락으로 검날을 딱 튕겨냈다. 뒤미처 몸을 회전시키더니 왼손으로 여미령의 비어 있는 겨드랑이 아래의 천천혈(天泉穴)을 쿡 찍었다.

"악!"

여미령 역시 외마디 비명을 내지르며 그 자리에 풀썩 쓰러지고 말았다.

두 남녀는 그렇게 쓰러지고 나서 한참 동안 몸을 떨며 일어서질 못했다.

과연 풍천익은 자신이 말한 대로 오 초 안에 이들을 제압한 것이다. 원세형을 공격할 때는 허초를 섞었으니, 엄밀히 말하자면 불과 네 초식만으로 제압한 것이나 다름없었다.

풍천익은 냉랭한 표정으로 두 사람을 내려다보았다.

"분수를 알았으면 얌전히 돌아들 가시게. 자네들이 먼저 꺼낸 약속이니 앞으로 번거로운 일은 없을 거라 생각하겠네."

그는 대답도 듣지 않은 채 양진양의 손을 이끌고 걸어갔다.

다음날 풍천익과 양진양은 객점에서 조반을 챙겨 먹은 후 곧장 천중산으로 향했다. 과연 어제 나타났던 원세형과 여미령은 더 이상 이들에게 모습을 드러내지 않았다.

주마점에서 이른 아침에 출발했기 때문에 해질녘이 되어서는 천중산 기슭에 다다를 수 있었다.

하지만 제법 오랜 시간 길을 걸으면서도 양진양은 한마디도 입을 열지 않았다. 이따금씩 풍천익이 몇 마디 물어도 진양은 부루퉁한 표정으로 짤막하게 대꾸만 할 뿐 별말이 없었다.

풍천익은 그런 진양의 속내를 눈치채고는 코웃음을 쳤다.

"어제 너를 구하려 하지 않은 것 때문에 화가 난 게냐?"

양진양은 속내를 들키자 조금 당황했지만 겉으로 내색하지 않았다. 대신 묵묵부답으로 산길을 오르기만 할 뿐이었다.

사실 어제 원세형이 자신을 협박했을 때 풍천익이 또 구해줄 것이라고 여겼다. 한데 풍천익이 그저 수수방관하자 진양은 내심 화가 나고 섭섭했던 것이다.

풍천익이 여전히 차가운 어투로 말을 이었다.

"세상에 남을 믿어서 손해 볼 일은 적잖이 있어도 득을 볼 일은 별로 없다. 자신을 지킬 수 있는 건 자신뿐이다. 새겨들 어라."

그러자 양진양이 입술을 삐죽 내밀고 중얼거렸다.

"믿을 신(信) 자는 사람 인(人) 자와 말씀 언(言) 자가 합쳐 진 거예요. 사람의 말은 믿을 만해야 한다는 뜻이래요. 그리 고 사람 인(人) 자는 원래 사람이 서 있는 꼴을 본뜬 상형자(象 形字)이지만 두 사람이 기대고 있는 모습과도 닮았죠. 그러니 까 두 사람이 기대기 위해서는 서로 믿음이 있어야 한다고 했 어요. 그래서 사람은 서로 믿고 의지하며 살아야 한댔어요."

"흥! 누가 그런 말을 하더냐?"

"아버지께서요."

"어디 세상이 네 아버지 뜻대로만 흘러간다더냐?"

풍천익은 성큼성큼 걸음을 놀려 산을 올랐다.

양진양은 그의 뒤를 따르며 속으로 생각했다.

'아버지는 사람들이 이런 글자의 뜻을 많이 깨우칠수록 좋 은 세상을 만들 수 있다고 하셨어. 나는 꼭 훌륭한 사람이 되 어서 많은 사람들에게 글을 가르치고 서로 믿을 수 있는 세상 을 만들고 말 거야.'

천중산의 중턱을 넘어서자 머리 위로 번듯한 건물이 보이기 시작했다. 풍천익과 양진양은 부지런히 걸어 올라가 이내 정문에 다다랐다.

커다란 정문 위에는 '천상련'이라는 글자가 금빛으로 양각되어 있었다. 양진양은 천상련을 둘러싼 높다란 외벽과 큰 문을 보고 입이 딱 벌어졌다. 태어나서 이렇게 큰 장원은 처음 본 것이다.

정문을 지키고 있던 무인 두 명이 풍천익을 알아보고 곧장 예를 차렸다.

풍천익이 건성으로 손을 들어 보이고는 물었다.

"련주님께서는 계시는가?"

"예, 천상궁(天上宮)에 계십니다."

풍천익은 고개를 끄덕여 보이고는 진양을 이끌고 문 안으로 들어갔다.

장원으로 들어선 양진양은 다시 한 번 천상련의 큰 규모에 놀랐다. 제일 먼저 보인 것은 양쪽에 버티고 있는 커다란 건물 두 채였는데, 각각 좌천기(左天氣), 우천기(右天氣)라고 적혀 있었다. 그리고 두 건물 사이로 너르고 높은 계단이 이어져 있었다.

"천기당(天氣堂)은 입련자들이 무예를 익히고 배우는 곳이다. 각 후원에는 연무장이 있다."

풍천익이 계단을 오르며 설명했다.

양진양은 고개를 끄덕이고는 풍천익의 뒤를 따랐다. 계단을 올라서자 다시 커다란 건물이 보였고, 양쪽으로 길이 나 있었다.

풍천익은 더 이상 설명은 하지 않고 묵묵히 길을 걷기만 했다. 양진양은 혹시라도 길을 잃을까 봐 그의 등 뒤에 바짝 붙어서 걸었다.

복잡한 건물 사이를 구불구불 돌아서 당도한 곳은 현관에 '천보각(天寶閣)'이라고 적힌 건물 앞이었다. 천보각의 정문을 지키고 서 있던 무인 두 명이 깍듯이 예를 차리며 인사했다.

"각주님, 오셨습니까?"

"별일없었는가?"

"련주님께서 각주님이 도착하는 대로 천상궁에 들라 하셨습니다."

풍천익은 고개를 끄덕이고는 천보각 안으로 들어섰다.

양진양이 눈치를 살피며 선뜻 들어가지 못하자 풍천익이 호통을 쳤다.

"뭐하고 서 있는 게냐, 어서 들어오지 않고?"

양진양이 얼른 따라 들어가자, 풍천익은 다시 긴 복도를 지나 계단을 올라 이층으로 갔다. 그는 이층 복도 구석진 방으로 들어갔다.

방은 오랫동안 사용하지 않았는지 묵은 먼지가 켜켜이 쌓여 있고, 여기저기서 곰팡이 냄새가 물씬 풍겨왔다.

"오늘부터 네가 머물 방이다."

"여기가요?"

진양이 눈썹을 잔뜩 찌푸리고 되묻자 풍천익이 코웃음을 쳤다.

"왜? 마음에 안 드느냐? 운이 좋은 줄 모르는군. 다른 시동들처럼 오두막 골방에 한데 뒤엉켜서 자봐야 팔자 좋은 줄을 알겠군."

양진양이 얼른 고개를 저었다.

"아니에요. 마음에 들어요."

"흥! 진작 그럴 것이지. 나는 이제 련주님을 뵈러 갈 것이다. 그동안 쉬도록 해라."

말을 마친 풍천익이 휑하니 나가 버렸다.

양진양은 얼른 입술을 달싹이며 뭔가를 물으려다가 그만두었다. 궁금한 것이 많았지만 무엇부터 물어야 할지 몰랐다.

어둡고 텅 빈 방 안에 홀로 남게 되자 양진양은 문득 자신의 처량한 신세에 서글픔이 밀려들었다. 학림관에서 떠나온 지 겨우 하루밤에 되지 않았는데도 보고 싶은 얼굴이 많았다.

먼 길까지 나와 자신을 배웅해 주던 관주님과 늘 친하게 지냈던 단지겸, 그리고 항상 시비를 걸어오곤 했던 여동추의 얼굴마저 떠올랐다.

양진양은 눈시울이 촉촉하게 젖어드는 것을 느끼고는 세차게 고개를 흔들었다.

'이런 일로 마음 약해져서는 안 돼. 우선 방을 깨끗이 청소하자.'

양진양은 짐 보따리를 침상에 내려놓고는 방 안에 쌓인 먼지를 제거하며 청소를 시작했다.

풍천익은 천보각을 나서자마자 곧장 천상궁으로 향했다. 천상궁은 그 이름처럼 천상련 내에서도 가장 높은 위치에 자리 잡고 있었다. 천상궁까지 이어진 계단도 몹시 가파른 경사를 이루고 있었기에 범인이라면 도중에 두어 번쯤은 꼭 가쁜 숨을 돌려야만 할 정도였다.

하지만 풍천익은 호흡 한 번 흐트러지지 않았다. 한 번에 높은 계단을 대여섯 칸씩 가뿐히 뛰어오르니 그의 경공술이 능공도허(凌空渡虛)의 경지에 다다랐다고 봐도 과언은 아니리라.

그가 천상궁 문전에 도착하자, 문지기가 들어가서 보고를 올렸다. 잠시 후 문지기가 돌아 나와 풍천익에게 들어갈 것을 권했다.

풍천익은 곧장 의사청으로 찾아갔다.

텅 비어 있는 실내에 들어서니 맨 앞쪽 서너 계단 위의 단상에 노인이 위엄있는 자세로 앉아 있는 것이 보였다.

높은 천장을 떠받치고 있는 굵직한 기둥과 단상 좌우에 늘어선 호법들을 보고 있자면 마치 황궁의 대전을 방불케 할 만큼 장엄한 기운을 느낄 수 있었다.

노인은 백염을 길게 늘어뜨리고 있었는데, 양 눈초리가 매섭게 치켜 올라가서 전체적으로 매섭고 차가운 인상을 풍겼다.

그가 바로 천상련의 련주 냉이천(冷理天)이었다.

풍천익은 의사청 한가운데로 걸어가 무릎을 털썩 꿇고 양손을 맞잡았다.

"천보각 풍천익이 련주님을 뵙습니다!"

"수고했네. 간 일은 어찌 되었는가?"

냉이천의 목소리가 의사청 내에 쩌렁쩌렁 울렸다. 그리 큰 목소리가 아님에도 공기가 진동하며 한참 동안 메아리쳤다.

"학립관에서 적당한 아이를 하나 찾아왔습니다."

"잘됐군. 자네가 직접 고른 아이이니 걱정하지 않아도 되겠지."

"한데 아이의 재주가 워낙 비상한지라 눈여겨봐야겠습니다."

"무공이 뛰어난가?"

"아닙니다. 무공은 전혀 할 줄 모르는 아이입니다. 하지만 글자에 대한 이해력이 남달리 뛰어납니다."

"흠."

냉이천이 잠시 침음을 흘리다가 물었다.

"자네 생각은 어떤가?"

"가장 깔끔한 방법이라면 일이 끝난 후에 아이를 제거하는 것입니다."

"그럼 그렇게 하도록."

냉이천이 일말의 재고도 없이 말했다.

그의 말은 곧 바뀔 수 없는 명령과도 같다는 것을 풍천익은 잘 알고 있었다. 그가 맞잡은 손에 힘을 주며 고개를 숙였다.

"명을 받들겠습니다."

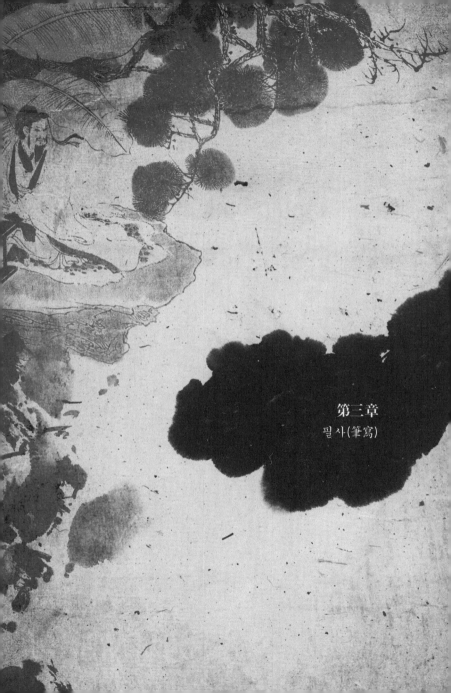

第三章
필사(筆寫)

神筆天下
신필천하

양진양은 다음날 풍천익을 따라 천보각 지하로 내려갔다. 지하에 들어서자마자 짙은 묵향이 코를 찔렀다.

지하실 한쪽에 놓인 은쟁반 위에는 야명주(夜明珠)가 은은한 빛을 밝히고 있었는데, 주위를 자세히 둘러보니 여러 겹의 책장에 서적이 빽빽하게 꽂혀 있었다.

풍천익이 특유의 냉랭한 어투로 말했다.

"이곳에서는 함부로 불을 켜서는 안 된다. 여기 있는 책들은 돈으로 환산할 수 없을 만큼의 가치를 지니고 있지. 자칫 불이라도 나면 큰일이다. 그러니 이곳에 들어올 때는 반드시

야명주만 이용해야 한다."

그는 양진양의 대답을 듣지도 않고 할 말을 계속 이어갔다.

"너는 앞으로 여기 있는 책들을 필사(筆寫)해야 한다. 오래되고 낡은 책들이 많고 지난번 홍수 때 천보각도 피해를 입었기 때문에 습기에 글자가 번진 책도 많을 것이다. 그런 책들을 모두 필사해서 새로 보관해야 하는데, 네가 맡은 일이 바로 그것이다. 무슨 뜻인지 알겠느냐?"

"예."

"생각처럼 간단하진 않을 것이다. 혹시 모르는 글자가 있거든 절대로 네 추측대로 쓰지 말고 일일이 내게 물어보도록 해라. 그리고 네가 천보각의 무공서를 필사하고 있다는 사실을 다른 사람에게 발설해서는 안 된다. 또한 너는 필사하는 동안 내 허락 없이 어떤 책도 외워서는 안 된다. 너는 그저 글자 하나하나 베껴 쓰는 것에만 집중하도록 해라."

"예."

"다른 사람이 네게 무슨 일을 하느냐고 묻거든 천보각에서 잡일을 맡아 한다고 해라. 실제로도 그럴 것이다."

"알겠어요."

양진양은 순순히 대답했다.

사실 천상련으로 올 때는 온갖 궂은일을 다 하게 될 줄 알았다.

한데 주된 일이 책을 필사하는 것이라니, 어려서부터 글쓰기를 좋아한 진양으로서는 내심 기쁘지 않을 수가 없었다.

사실 천보각의 각종 무공서를 필사한다는 것은 대단히 중차대한 일이었다. 때문에 천상련에서는 이 일을 두고 오랫동안 고민했다.

필사본을 만들지 말자는 의견도 있었으나 오래되고 낡은 무공서들을 장기적으로 보존하기 위해서는 필사본을 만드는 것이 불가피한 상황이었다.

그렇다고 이 일을 아무에게나 맡길 수도 없었다.

보통의 무인이나 문인에게 필사를 맡겼다간 사리사욕에 눈먼 그들이 어떤 짓을 저지를지 알 수 없었다.

그렇게 해서 오랜 논의 끝에 나온 결론이, 세상물정에 어둡고 무공을 익히지 않은 아이 중에서 필체와 필력이 좋은 아이를 데려오는 것이었다. 또한 여차하면 살인멸구하기에 좋도록 부모가 없는 고아를 선별한 것이다.

이런 사정을 모르는 양진양은 그저 들뜬 마음으로 책장에 빽빽하게 꽂혀 있는 장서들을 훑어보았다.

풍천익은 양진양을 이끌고 구석진 안쪽으로 걸어갔다.

"우선 이 책장에 꽂혀 있는 책부터 필사하도록 해라. 명심해라. 토씨 하나 틀리면 안 된다. 글을 쓰다가 필획 하나라도 어긋나면 종이를 찢고 다시 써야 할 것이다."

말을 마친 그가 서너 권의 책을 꺼내 진양에게 건네주었다. 진양은 얼른 그 책을 받아 들었다. 퀴퀴한 곰팡내가 코끝을 찔렀다.

"앞으로는 네가 직접 이곳으로 와서 차례대로 책을 가지고 가면 된다. 필사는 네 방에서 하면 된다. 다른 질문이 있느냐?"

"만약 여기서 다른 사람을 만나면 어떡해요? 제게 무슨 일을 하는 중이냐고 물으면요."

"이곳에 들어올 수 있는 자라면 네가 누군지도 알고 있는 사람이다. 그러니 사실대로 말해도 된다."

"지필묵(紙筆墨)은 어디서 가져오나요?"

"그것 역시 천보각의 시동이 매일 네게 가져다줄 것이다. 너는 신경 쓸 필요가 없다."

"필사를 다 끝낸 책은 어떻게 하죠?"

"매일 한 번씩 내가 네 방을 찾아갈 것이다. 그때 내가 알아서 처리할 것이니 절대 다른 사람에게 넘겨서는 안 된다. 또 다른 질문이 있느냐?"

"이제 없어요."

풍천익이 고개를 끄덕였다.

"그럼 그 책을 우선 네 방에 갖다 놓고 내려와라. 부각주가 너에게 몇 가지 세세한 것들을 안내해 줄 것이다."

"예."

양진양은 대답을 하고는 곧바로 방으로 돌아가서 책들을 탁자 위에 올려두었다. 어젯밤 늦게까지 청소를 했기 때문에 진양의 방은 어지간한 객점의 객방보다도 깔끔한 모습이었다.

일층으로 내려가자 이십대 후반으로 보이는 건장한 체구의 사내가 기다리고 있었다.

그는 족제비처럼 가늘게 찢어진 눈과 보통 사람보다도 머리 하나는 더 큰 키가 인상적이었는데, 자신을 곽연(郭演)이라고 소개했다.

곽연은 진양에게 천보각에서 지켜야 할 여러 가지 수칙에 대해서 일러주었다.

고개를 끄덕여 가며 얌전히 듣고 있던 진양은 그의 마지막 말에 깜짝 놀라며 머리를 들었다.

"예? 천보각을 벗어날 수 없다고요?"

"그렇다. 정확히 말하자면 너는 천보각 정원과 후원을 벗어날 수 없다는 뜻이지."

진양은 갑자기 눈앞이 캄캄해졌다.

앞으로 지하에 있는 저 많은 장서들을 필사하려면 얼마나 오랜 기간이 걸릴지 알 수 없다.

한데 그동안 천보각을 한 발자국도 벗어날 수 없다니!

물론 곽연의 말에 따르면 예외는 있다고 했다. 천보각주인 풍천익이 동행한다는 조건에 한해서란다.

하지만 곽연은 그조차도 기회가 없을 것이라고 말했다. 천보각주가 자신을 데리고 다닐 일이 없을 것이기 때문이란다.

그렇다면 자신이 옥살이하는 죄수와 무슨 차이가 있단 말인가?

또 한 번 처량한 신세를 깨닫게 되니 진양은 서글픔이 밀려들어 목소리가 잔뜩 젖어들었다.

"그럼… 전 언제까지 여기에 있어야 하는 거예요?"

"네가 맡은 일이 모두 끝날 때까지."

곽연의 냉담한 목소리를 들으며 진양은 길게 한숨을 내쉬었다.

다음날 양진양은 누군가 방문을 두드리는 소리에 번쩍 눈을 떴다. 진양은 잠시 자신이 어디에 누워 있는지 알 수가 없었다. 아직까지도 천상련에 적응되지 않아 학립관에서 자고 있었던 줄로만 알았다.

똑똑똑!

다시금 들려온 소리에 진양은 얼른 일어나 옷매무새를 가다듬었다.

'그러고 보니 어제 방에 돌아와서 바로 잠들었구나. 바보

같이 이렇게 늦잠을 자다니, 각주님이 엄청 혼내시겠지?

　진양은 방문 앞에 와 있는 사람이 천보각주 풍천익일 것이라고 생각했다. 그런데 막상 문을 열어보니 처음 보는 사람이 문방사우를 챙겨 들고 우두커니 서 있었다. 나이는 진양보다 서너 살 많아 보였고, 옷차림새가 여느 시동들처럼 꾀죄죄했다. 사각턱에 희미한 눈썹이 특징인 그가 사람 좋아 보이는 미소를 지었다.

　"네가 양진양이니?"

　"네… 누구세요?"

　"반가워. 난 천보각에서 일하는 공소부(孔紹副)라고 해. 오늘부터 내가 매일 네가 쓸 물건들을 챙겨줄 거야. 잠시 들어가도 돼?"

　공소부의 말에 양진양이 얼른 정신을 차리고 물러났다.

　"아, 네. 들어오세요."

　공소부는 방으로 들어오더니 한쪽에 놓인 탁자로 걸어가서는 들고 온 것들을 내려놓았다. 그가 방을 한차례 휘 둘러보면서 찬탄을 내뱉었다.

　"이야! 이 방이 이렇게 깔끔해질 수 있다니, 놀라운데?"

　진양이 쑥스러운 듯 머리를 긁적이며 물었다.

　"공소부 형님은 이곳 입련생이신가요?"

　"아니. 나도 너랑 같은 시종이야. 서로 하는 역할만 다를 뿐이야. 그러니 편하게 생각해."

양진양은 공소부의 너그러운 미소를 보면서 마음이 푸근해지는 것을 느꼈다.

비록 서너 살 나이 차가 있지만 공소부는 진양을 친구나 친동생처럼 편하게 대하고 있었다. 그러다 보니 자연히 진양도 공소부가 친형처럼 친근하게 느껴졌다.

진양은 공소부에게 천상련에 대해서 이것저것 물어보았다. 과연 공소부는 천보각을 마음껏 드나들 수 있는 시동이었기에 세세한 것들까지 교육받아 잘 알고 있었다.

천상련의 주요 조직은 이당(二堂), 삼각(三閣), 사대(四隊)로 나눌 수 있었다.

이당은 입련생들을 가르치는 천기당과 실무를 총괄 담당하는 창천당(暢天堂)을 두고 말하는 것이었고, 삼각에는 각종 무공비서를 보관하는 천보각과 신병이기를 보관하고 개발하는 철기각(鐵器閣), 무공을 연구하고 발전시키는 승천각(昇天閣)이 해당됐다. 끝으로 사대에는 궁수로 이루어진 풍기대(風氣隊), 첩자로 이루어진 암천대(暗天隊), 살수로 조직된 혈귀대(血鬼隊), 전면에 나서는 타격대인 파멸대(破滅隊)가 이에 속했다.

진양은 공소부의 이야기를 들으며 웅장한 천상련에 대해 머릿속으로 그려보았다.

공소부는 이런저런 이야기를 잠시 더 나누다가 방을 나갔다.

홀로 남은 진양은 먼저 탁자로 걸어가서 어제 풍천익에게 받은 책들을 대충이나마 훑어보았다. 외워서는 안 된다는 충고를 들었기 때문에 꼼꼼히 살펴보지는 않았다.

대신 대략의 분량만을 파악한 진양은 오늘 하루 동안 쓸 범위를 정한 뒤 벼루에 먹을 갈기 시작했다.

양진양이 먹을 가는 행위는 글을 쓰기 전에 마음을 갈고닦는 것과 마찬가지였다. 때문에 먹물이 짙어질수록 진양은 점점 경건하면서도 고요한 마음을 가지게 됐다.

이윽고 진양이 붓을 들어 먹물을 찍었다.

붓은 서책을 만들 종이에 글씨를 써야 하기 때문에 상당히 작은 크기였다.

양진양이 처음으로 필사할 책은 비호도법(飛虎刀法)이라는 무공서였다. 물론 표지의 글씨는 가장 나중에 적을 것이었기 때문에 진양은 본문부터 펼쳐 놓았다.

양진양은 제일 첫 글자인 호(虎) 자를 해서체로 적었다. 필획 하나하나에 정성을 들여 적으니 한 글자를 적는데도 제법 오랜 시간이 걸렸다. 그다음으로 조(爪) 자를 옮겨 적었다. 이번에는 필획이 적은 관계로 첫 글자보다는 시간이 오래 걸리지 않았다. 그다음은 파(爬)에 이어서 지(地)까지 적었다.

즉, 호조파지(虎爪爬地)라는 초식으로 비호도법의 기수식에 해당되는 이름이었다.

이 초식명은 글자 그대로 호랑이가 발톱으로 바닥을 긁는 자세를 뜻하는 것인데, 그저 글자 하나하나에만 정성을 쏟아붓고 있는 진양으로서는 초식의 뜻까지 상기시킬 여유가 없었다. 이는 풍천익의 경고를 의식하고 있기 때문이기도 했다.

진양은 계속해서 초식에 대한 풀이를 적어갔다.

마침내 한 장을 가득 채운 진양은 자신이 쓴 글귀들을 전체적으로 훑어보았다.

한데 종이를 들여다보던 진양은 눈썹을 잔뜩 찌푸리고 말았다.

글자 하나하나에만 집중하여 쓰다 보니 전체적인 조화에서 문제가 생긴 것이다. 각각의 필획은 아름답게 표현됐지만, 정작 포백(佈白:전체의 골격)에서는 조화를 이루지 못해 실패한 글씨가 되고 만 것이다.

사실 이건 어쩔 수 없는 문제이기도 했다.

일부러 글귀를 외우지 않기 위해서 글자 하나하나에만 집중하여 쓰다 보니 전체적인 구도를 생각할 수 없었던 것이다.

결국 양진양은 망설임없이 종이를 찢어버렸다. 써놓은 것이 아깝긴 하지만 글자가 중앙을 지키지 못하고 비뚤비뚤 춤을 추니 책을 구성하기에는 문제가 많았다.

양진양은 다시 글자를 적기 시작했다. 이번에는 앞서 실패한 것을 의식해서 먼저 쓴 글자를 고려하며 글을 쓰기 시작했다. 물론 이 방법 또한 완전하지는 못했다. 하지만 앞서 적은 것보다는 훨씬 나은 듯했다.

진양은 이런 식으로 하루 종일 필사를 했다. 필사를 하다가 글자가 제대로 나오지 않거나 포백이 아름답지 못하면 가차 없이 종이를 찢어버리곤 했다.

어느덧 점심이 지나고 저녁도 지나 밤이 깊었다.

탁자에 놓인 등불이 슬쩍 흔들렸다.

진양의 방문을 열고 누군가 들어온 것이다.

하지만 필사하는 데 온 정신을 집중하고 있던 진양은 방 안에 누가 들어선 것도 모르고 있었다.

"언제부터 쓴 것이냐?"

양진양은 낯익은 목소리가 불쑥 들려오자 그제야 깜짝 놀라서 고개를 들었다. 눈길을 돌려보니 어느새 풍천익이 다가와서 진양이 필사한 종이를 들고 훑어보고 있었다.

"각주 어르신 오셨어요?"

진양이 얼른 일어나 예를 갖추었다.

풍천익은 진양을 힐끔거리고는 계속해서 필사한 글씨를 훑어보았다.

"저녁은 먹은 게냐?"

"네, 어제 곽 부각주님과 함께 먹었어요."

"어제 말고 오늘 저녁 말이다."

"오늘이요?'

양진양이 어리둥절한 표정을 짓다가 이내 '아!' 하는 소리를 뱉었다.

그러고 보니 벌써 해가 지고 깜깜한 밤이 되지 않았는가? 필사를 하던 중 주위가 어두워서 아무 생각 없이 불을 밝혀놓은 것인데, 어느새 해가 진 것이었다니…….

양진양을 곁눈질로 훑어보던 풍천익은 대략의 사정을 짐작하고는 퉁명스레 물었다.

"언제부터 필사를 시작했느냐?"

"아침에 일어나자마자 했어요."

"그럼 조반은?"

"못… 먹었어요."

"오반은?"

"오반도…….”

"설마 석반도 거른 게냐?"

양진양이 주눅이 들어 대꾸하지 못한 채 고개만 끄덕였다. 풍천익이 차갑게 일렀다.

"세 끼니를 모조리 거르다니, 굶어 죽을 생각이냐?"

"그게 아니라…….”

"시끄럽다! 다음부터는 어떤 일이 있어도 끼니를 챙겨야 한다. 너를 위해 하는 말이 아니다. 체력이 뒷받침되지 않으면 결국 글씨를 쓸 수 없는 지경에 이를 수 있기 때문에 하는 말이다. 네놈이 맡은 일이 얼마나 막중한지 알란 말이다. 알겠느냐?"

"네."

양진양이 울먹이며 대답했다.

뒤늦게 허기가 몰려오는데다가 호되게 꾸지람을 들으니 서러움이 배가 된 것이다.

한편 풍천익은 매섭게 야단치기는 했어도 내심 놀라는 중이었다.

'끼니를 거르면서 시간 가는 줄도 모르고 집중했다니. 글을 쓸 때만큼은 놀라운 집중력을 발휘하는군. 알수록 살려둘 수 없는 녀석이로다.'

풍천익은 냉정한 표정으로 필사본을 훑어보았다. 과연 글자 하나만큼은 정갈하고 깔끔해서 흠잡을 곳이 없었다.

"알아보기 힘든 글자는 없었느냐?"

"아직은 없었어요."

"다음에도 끼니를 거르면 안 되니 내가 하루에 쓸 분량을 정해주겠다. 앞으로 오늘 적은 분량만큼만 적도록 해라. 그 이상 적어서는 안 된다."

"만약 시간이 남으면 어떡해요?"

"흥! 네가 오늘 첫날이긴 하지만 끼니도 걸러가면서 적은 분량이다. 그렇게 빨리 필사 속도가 늘 것 같으냐? 혹시라도 시간이 많이 단축되면 다시 내가 분량을 정해주마. 그전에는 자유로운 시간을 가져도 좋다."

"알겠어요."

양진양이 순순히 대답하자 풍천익이 고개를 돌려 밖을 향해 소리쳤다.

"밖에 소부 있느냐?"

"예, 각주 어르신."

공소부가 얼른 뛰어왔다.

"진양이 오늘 아무것도 못 먹었다고 하니 가서 요깃거리를 좀 가져오너라."

"알겠습니다."

공소부가 황급히 나갔다.

양진양은 자신의 부주의로 여러 사람을 피곤하게 만드는 것 같아서 못내 미안한 마음이 들었다.

풍천익은 그 외에도 몇 가지 주의를 주고는 진양의 인사를 받는 둥 마는 둥 하며 방을 나섰다.

잠시 후 진양은 공소부가 가져온 육포 조각과 만두 몇 개로 배를 채울 수 있었다.

다음날부터 양진양은 정해진 분량만을 필사했다. 물론 끼니를 꼬박꼬박 챙겨 먹는 것도 잊지 않았다. 그러다 보니 하루 분량을 채우는 것이 생각보다 쉬운 일이 아니었다.

첫날에는 자정이 다 돼서야 정해진 분량을 모두 끝낼 수가 있었다.

실수를 많이 하거나 알아보기 힘든 글자 때문에 풍천익을 찾아가야 하는 날에는 하루 분량을 미처 채우지 못하는 경우도 있었다.

하지만 시간이 흐르면서 조금씩 필체가 안정되자 필사 속도는 점점 빨라지기 시작했다.

그렇게 한 달 정도가 지나자 양진양은 석반을 먹기도 전에 이미 하루치의 분량을 모두 끝낼 수 있을 정도가 됐다. 여유가 생기면서 양진양은 각종 심부름도 겸하게 됐고, 때로는 자신만의 시간을 가질 수도 있었다.

그럴 때면 천보각 일층에 진열되어 있는 서적을 자신의 방으로 가져와서 읽곤 했다. 일층의 장서들은 대부분 무공과 아무런 관련이 없는 것들이었다. 논어나 도덕경 같은 책도 있었고 의술에 관한 서적도 있었다.

필사하는 무공서를 제외하고는 어떤 책을 읽어도 상관없다는 풍천익의 말이 있었기 때문에 거리낄 것은 없었다.

그러던 어느 날이었다.

양진양은 새로 필사할 무공서를 가지러 가기 위해서 천보 각 지하로 내려갔다. 마침 지하에서는 풍천익이 장서들을 정 리하는 중이었다.

양진양이 인사를 건네고는 구석진 안쪽으로 걸어갔다. 여 느 때처럼 필사할 서적을 챙기고는 돌아 나오려고 하는데, 문 득 책장 사이에 아무렇게나 쌓아놓은 서적들이 보였다.

호기심이 동한 진양이 가까이 걸어가서 살펴보니, 온갖 화 려한 제목이 붙은 각종 무공서였다.

그때 마침 안쪽 진열장으로 걸어오던 풍천익이 진양을 보 고 물었다.

"거기서 뭘 하는 게냐?"

"책이 아무렇게나 쌓여 있어서요."

"놔둬라. 그것들은 전부 버릴 거다."

"이걸 전부 버릴 거라고요?"

"그래."

양진양이 놀란 눈으로 다시 책을 내려다보았다. 쌓여 있는 서적들은 하나같이 상태가 깔끔해 보였다. 오히려 자신이 필 사하는 서적들보다도 종이 상태가 좋아 보였다.

결국 진양이 호기심을 못 이기고 물었다.

"왜 멀쩡한 책을 버려요?"

"흥! 거죽이 멀쩡하면 뭐하겠냐, 속이 형편없는데. 그것들은 전부 이름만 번지르르할 뿐 하나같이 삼류 무공들이다. 그것도 아니면 사기꾼들이 책 팔아먹으려고 아무렇게나 적은 잡서일 뿐이다."

양진양은 서적들을 다시 한 번 훑어보았다. 무적검법(無敵劍法), 수라천마공(修羅天魔功), 극강진경(極强眞經), 절대강공(絶對强功) 등……

풍천익의 말대로 제목만큼은 어디에도 뒤지지 않을 만큼 번지르르했다.

한데 그중에서도 유독 진양의 눈에 들어오는 것이 있었다. 그것은 다른 서적들에 비해 비교적 낡아 보였는데, 표지에는 다음과 같이 적혀 있었다.

자양진경(字陽眞經).

무엇보다 글자를 뜻하는 '자(字)' 자가 들어 있다는 것이 진양의 호기심을 이끈 것이다.

양진양은 마치 뭔가에 홀린 듯 천천히 그 책을 집어 들었다. 이상하게 책을 들고 있으니 가슴이 두근거리기 시작했다.

그동안 진양은 방에서 창문을 통해 천기각의 입련생들이 무공을 익히는 모습을 많이 봐왔다. 진양의 방에서는 천기각의 연무장이 일부나마 보였던 것이다.

그들을 볼 때마다 진양도 무공을 배우고 싶다는 생각이 드는 것은 어쩔 수가 없었다.

하지만 진양은 자신이 무공에 재능없다는 것을 누구보다도 잘 알고 있었다. 가끔씩 어깨너머로 보고 들은 것을 시도해 보면 영 품이 어색하고 이상해서 금방 그만두곤 했다.

한데 이 책은 어쩐지 진양에게 친근하게 다가왔다.

'자양진경은 어떤 무공일까? 왜 제목에 '자(字)' 자가 있을까? 별로 멋있어 보이지도 않는데.'

그때 진양의 귀에 풍천익의 새된 목소리가 들려왔다.

"뭘 그리 멍하니 서 있는 게냐?"

"각주 어르신, 여기 책들을 버리실 거면 제가 가져가도 돼요?"

"흥! 무공이라도 익혀보고 싶은 게냐? 글쎄, 너는 재능이 없다니까."

풍천익이 노골적으로 무시하자 양진양은 은근히 부아가 치밀어 입술을 삐죽거렸다.

"저도 알아요. 단지 궁금해서 보고 싶은 거예요."

"하필이면 사기꾼들이 적은 책들을 보고 싶은 게냐? 뭐, 상관없겠지. 보든 말든 마음대로 해라."

풍천익의 말이 떨어지자 양진양은 얼른 자양진경을 품에

넣고 지하실을 빠져나왔다. 혹시라도 풍천익의 생각이 바뀔까 봐 진양은 곧장 방으로 돌아가 버렸다.

그날 밤 하루 분량의 필사를 마친 양진양은 필사본을 풍천익에게 넘겨주었다. 그리고 홀로 방에 남아서 오늘 아침에 가져온 자양진경을 펼쳐 보았다.

양진양은 책에 쓰인 글씨가 보기 드문 명필이라는 사실에 상당히 놀랐다. 게다가 기이하게도 이 책은 서체가 다양하게 구성되어 있었다. 대략이나마 훑어보니 마지막에는 무공 구결이 광초(狂草:매우 흘려 쓴 서체)로 적혀 있어 읽기조차 힘들 지경이었다.

진양은 우선 첫 장부터 차근차근 읽어나갔다.

하지만 아무리 읽어도 무슨 말인지 이해하기가 어려웠다.

구절마다 하늘에 뜬구름이요, 한밤의 꿈결 같은 소리였다.

그래도 진양은 억지로라도 읽어갔다.

하지만 결국 절반 정도 읽고 났을 때 진양은 긴 한숨을 내쉬며 책을 덮고 말았다. 도무지 무슨 내용인지 감도 잡기 힘들었던 것이다.

'풍 각주님이 말씀하신 대로 삼류 잡서일 뿐이구나. 아니, 난 정말 재능이 없나 봐.'

양진양은 쓸쓸한 마음을 가눌 길이 없어 책을 침상 한쪽 구석에 아무렇게나 던져 놓고 잠이 들었다.

양진양의 하루 일과는 판에 박힌 듯했다.

매일같이 필사를 하고, 시간이 남게 되면 잡다한 서적들을 읽곤 했다.

매일 문방사우를 챙겨주는 공소부를 만나게 되면 오랜 시간 담화를 나누기도 했다. 그 때문에 공소부는 늘 부각주인 곽연에게 혼쭐이 나야 했고, 그때마다 진양은 공소부에게 미안한 마음이 들었다.

하지만 천보각에서 한 발자국도 벗어날 수 없는 가혹한 운명인만큼 진양은 공소부와 수다를 떠는 것이 하루 중에서 가장 즐거운 시간이었다. 진양은 공소부에게 련 내에서 일어나는 이야기를 이것저것 물어보았고, 혹시라도 세속의 이야기를 듣게 되면 귀를 기울여 경청하곤 했다.

그러다 보니 두 사람은 자연스레 둘도 없이 친한 사이가 됐다.

공소부 역시 천성이 착하고 연민의 정이 많은 성격이라 늘 진양의 처지가 안쓰러웠던 것이다.

그날도 진양은 밤늦게까지 공소부의 이야기를 듣느라 시간 가는 줄을 몰랐다.

그런데 문득 정신을 차리고 보니 벌써 후원을 밝히던 등도 꺼져 버린 야심한 시각이 되고 말았다.

진양이 얼른 일어나며 말했다.

　"공소부 형님, 시간이 너무 늦었어요. 이러다가 부각주님
이 오셔서 또 나무라실까 봐 걱정이에요. 어서 돌아가셔야겠
어요."

　"걱정 마. 오늘은 부각주님이 안 계시는 날이야."

　공소부가 빙그레 미소 지으며 대답했다.

　진양이 눈을 동그랗게 뜨고 물었다.

　"정말요? 왜 부각주님이 안 계시는 거예요?"

　"거야 나도 모르지. 위에서 하는 일을 우리 같은 시종이 어
찌 다 알 수 있겠어?"

　"하지만 너무 오래 여기 계시면 혼나지 않을까요?"

　그 말에 공소부도 고개를 끄덕이며 일어났다.

　"하긴 조심해서 나쁠 건 없지."

　진양은 공소부를 배웅하느라 방문을 나와 계단까지 내려
왔다. 밤이 깊은 시각이었기에 천보각은 그야말로 쥐 죽은 듯
이 조용했다.

　공소부는 일층 입구 옆에 놓인 작은 수레를 챙겼다. 바퀴가
둘만 달린 이 수레에는 각종 청소 용구와 쓰레기가 담겨 있었
다.

　그때 진양의 머릿속에 한 가지 생각이 불현듯 떠올랐다.

　"저… 형님."

막 수레를 끌며 문을 열고 나가려던 공소부가 멈칫 돌아보았다.

"응?"

한데 어쩐 일인지 진양이 곧바로 대답하지 못하고 우물쭈물 눈치를 살피는 것이 아닌가.

공소부는 내심 이상하게 여기면서 고개를 갸웃거렸다. 여태까지 진양과 허물없이 지내면서 이런 모습은 처음 보았기 때문이다.

공소부가 수레를 내려놓고 진양에게 다가와 부드러운 목소리로 물었다.

"왜 그래? 할 말이 있는 거야?"

"아, 아니에요, 형님. 살펴 가세요."

공소부가 원래 총명한 아이는 아니지만 누구보다도 정이 깊었다. 때문에 그는 진양의 표정을 보고 무언가 할 말을 숨기고 있다는 것을 눈치챌 수 있었다.

공소부가 성글성글 웃으며 다시 물었다.

"우리 사이에 못할 말이 뭐가 있겠어? 말해봐. 뭔데 그래?"

그럼에도 진양은 한참을 망설이더니 모기만 한 목소리로 천천히 입을 열었다.

"저… 형님."

"응."

"사실… 저… 밖에 나가보고 싶어요."

매우 작은 목소리였지만, 일단 말을 뱉고 보니 의지가 생겨 단호하게 느껴지는 음성이었다.

공소부가 화들짝 놀라서 진양을 멀뚱멀뚱 바라보았다. 차마 입 밖으로 내기조차 어려운 말이라 공소부도 희미한 목소리로 되물었다.

"밖에?"

진양이 아랫입술을 꼭 깨물며 고개를 끄덕였다.

공소부는 진양의 표정에서 간절한 바람을 읽을 수 있었다. 그도 그럴 것이, 진양이 이곳에 온 지 벌써 일 년 가까이 지났지만 단 한 번도 천보각의 안뜰을 벗어나 본 적이 없었다.

공소부가 새파랗게 질린 안색으로 소곤소곤 말했다.

"천상련에서 규율을 어기면 큰일 나. 예전에 어떤 시동도 규율을 어기고 달아나다가 잡혀서 매질을 당했대. 그런데 너무 심하게 맞아서 결국 죽어버렸대."

그 이야기는 진양도 알고 있었다.

바로 공소부가 자신에게 해준 이야기 중 하나였으니까.

물론 그 소문의 진위 여부는 진양도 공소부도 몰랐다. 시동들 사이에서 누군가 지어낸 말일 수도 있고, 정말 그런 일이 일어났을 수도 있다.

진양은 그런 말을 듣자 팔뚝에 소름이 돋았다.

하지만 모처럼 찾아온 기회를 그냥 놓치고 싶지는 않았다. 원래 욕망이라는 것이 입 밖으로 내뱉고 나면 더욱 커지게 마련이다. 이미 자신의 욕망을 표현하고 나니 진양은 좀처럼 물러서기가 싫었다.

"형님, 오늘은 곽 부각주님이 안 계시니 어쩌면 나갈 수 있지 않겠어요? 그리고 전 천상련을 떠나려는 것이 아니에요. 다만 천보각을 둘러싼 저 담만 넘어가도 기쁠 거예요."

"하지만 어떻게? 부각주님은 안 계시지만 밖엔 천보각을 지키는 무인들이 많아. 건물 입구에도 있고 정원 입구에도 있고……."

진양이 손가락을 불쑥 들어 수레를 가리켰다.

"제가 저기서 천을 뒤집어쓰고 있으면 귀신이라도 모를 거예요. 그리고 천상련을 돌아다니다가 다시 천보각으로 돌아오기만 하면 돼요. 부각주님이 아니면 형님이 천보각을 언제 드나들든지 아무도 상관하지 않는다면서요."

"나 같은 녀석을 누가 상관하겠어. 부각주님이야 천보각의 모든 일을 관장하시니까 내가 드나드는 시간을 잘 아시는 거지만."

공소부의 말을 듣던 진양은 점점 표정이 밝아졌다.

하지만 갑자기 무슨 생각을 떠올렸는지 곧 시무룩한 표정으로 변했다.

"에이, 역시 관두는 게 좋겠어요. 만약 들키면 저뿐만 아니라 형님도 크게 혼날 거예요."

공소부는 그런 진양의 모습을 보고 있자니 몹시 마음이 아팠다.

만약 자신이 진양의 입장이었다면 어땠을까?

아마 목숨을 걸고라도 천보각을 벗어나고 싶었을지도 몰랐다.

특히 글을 읽을 줄도 모르는 공소부로서는 진양의 하루하루가 정말 지옥처럼 느껴질 정도였다.

잠시 망설이던 공소부가 결심을 굳힌 듯 말했다.

"좋아, 내가 도와줄게. 한번 나가보자."

"네? 하지만 혹시 들키면…….."

"설마 죽기야 하겠어? 겨우 바깥 구경을 해보고 싶을 뿐인데……."

공소부는 대답을 하면서도 자신이 없었다.

하지만 무식하면 용감하다고 하던가.

공소부의 순진한 생각에는 정말 크게 혼날 거라는 생각이 들지 않았다. 단지 담장 너머 구경을 다녀올 뿐이라고 생각한 것이다.

공소부가 진양을 재촉했다.

"뭘 망설여? 어서 여기 들어와. 내가 수레를 끌고 갈 테니까."

그 말이 진양의 욕구에도 불을 지폈다.

진양은 눈물마저 그렁그렁 맺혀서 대답했다.

"고마워요, 형님."

"아니야. 내가 해줄 수 있는 일이라서 다행이야. 헤헤."

공소부가 뒤통수를 긁적이며 멋쩍게 웃었다.

공소부는 수레를 이끌고 천보각을 나섰다.

천보각 문을 지키는 병사 둘이 그를 힐끗 보고는 다시 시선을 돌렸다.

공소부는 심장이 가슴 밖으로 튀어나올 것만 같았다. 그가 끄는 수레에는 진양이 바짝 웅크린 채 천을 뒤집어쓰고 있었다.

공소부는 그대로 안뜰을 지나서 커다란 정문까지 다다랐다.

정문에는 파수(把守)를 서는 무인이 총 네 명이었다. 이제 여기만 지나가면 진양은 잠시나마 천보각을 벗어날 수 있는 것이다.

공소부는 묵묵히 수레를 끌고 정문을 지나쳤다.

옛말에 도둑이 제 발 저리다더니, 공소부는 무인들 곁을 지나치면서 다리가 후들거려 견딜 수가 없었다. 자칫하면 수레를 놓치고 그대로 주저앉을 뻔했다.

다행히 무인들은 공소부를 눈여겨보지 않았다.

그들은 어디까지나 외부의 침입자를 경계하는 무인들이었
다. 이미 천보각 안에 들어갔다가 나오는 공소부를 일부러 눈
여겨보는 무인은 없었던 것이다.

그런데 공소부가 막 정문을 벗어나서 걸어가려고 할 때, 마
침 수레바퀴가 자갈돌을 밟으면서 심하게 덜컹거렸다. 그 순
간 진양의 몸이 움찔 떨렸다. 그 바람에 공소부는 하마터면
저도 모르게 '앗!' 하고 소리를 지를 뻔했다.

공소부는 얼음처럼 굳어서 심호흡을 했다.

물론 이럴 때 가장 좋은 방법은 아무 일도 없었다는 듯이
제 갈 길을 가는 것이겠지만, 공소부는 그만큼 노련하지 못했
다.

잠시 등 뒤에 선 무인들의 기색을 살피던 공소부는 천천히
걸음을 뗐다.

그때,

"잠깐!"

무인 하나가 공소부를 불러 세웠다.

그 순간 공소부와 천을 덮어쓰고 있던 진양의 뇌리에 오만
가지 생각이 스치고 지나갔다.

'혹시 움직이는 걸 본 걸까? 봤다면 어쩌지? 도망갈까? 아

니, 도망가도 금방 잡힐 거야. 어쩌면 좋지? 역시 너무 무리한 걸까? 아아……'

공소부가 잔뜩 주눅이 들어 몸을 비스듬히 돌렸다. 두 손으로 수레를 잡고 있었기 때문에 완전히 돌아서진 못한 것이다.

"부르셨는지요?"

"그래. 너 어디로 가는 길이냐?"

"숙, 숙소로 가는 길입니다."

"그럼 가는 길에 저기 길모퉁이에 걸린 등에 불 좀 밝히거라. 시종 녀석이 저기 걸린 등을 깜빡한 모양이군."

무인이 손가락으로 길모퉁이를 가리키며 말했다. 공소부가 시선을 돌려보니 과연 여느 때와 달리 모퉁이가 깜깜했다.

그제야 공소부는 내심 안도의 숨을 내쉴 수 있었다.

"알겠습니다요."

공소부는 엉거주춤 허리를 숙여 인사를 건네고는 수레를 끌고 갔다.

무사가 가리킨 길모퉁이에 다다라서야 공소부는 수레를 내려놓았다. 그러고는 수레 안에 숨죽이고 있는 진양에게 속삭였다.

"아직 나오면 안 돼. 여기 불을 붙이고 모퉁이를 돌면 그때 나와. 얼굴에 진흙을 묻히면 혹시 다른 사람이랑 마주쳐도 널 못 알아볼 거야."

"네, 형님."

나직하게 대답하는 진양의 목소리에서는 은근한 기쁨이 묻어나 있었다.

공소부는 품에서 화접자(火摺子:불 켜는 도구)를 꺼내 등에 불을 밝혔다.

이내 길모퉁이가 환하게 빛났다.

공소부는 자연스레 고개를 돌려 천보각 무인들의 반응을 한 번 살피고는 수레를 끌어 모퉁이를 돌아갔다. 주위를 두리번거려 보니 다행히 어디에서도 시선이 닿지 않는 사각지대였다.

"이제 나와도 돼."

공소부의 속삭임에 진양이 얼른 천을 걷어치우고 수레에서 내렸다.

진양은 서서 크게 숨을 들이마셨다. 불과 천보각에서 일 리도 떨어지지 않은 곳이었지만 밤하늘을 메운 공기조차 다르게 느껴졌다. 발바닥에 와 닿는 지면의 감촉조차도 낯설었다.

진양은 얼른 바닥의 흙을 집어 들어서 청소 용구에 담긴 물에 섞었다. 그리고 얼굴에 진흙을 덕지덕지 바르기 시작했다.

"어디 한번 보자."

공소부의 말에 진양이 돌아섰다.

어두컴컴한 밤인데다 얼굴에 진흙을 잔뜩 발라놓으니 정

말 감쪽같이 알아보기 힘들었다.

아직 어린 두 사람은 우선 큰일을 해냈다는 기분에 마음이 한껏 들떴다.

그런데 두 사람이 막 수레를 끌고 숙소로 가려고 할 때였다.

절그렁절그렁!

묵직한 쇠사슬이 이끌리는 소리가 반대편 모퉁이 너머에서 들려오고 있었다. 다행히 소리는 가까워지다가 다시 멀어지고 있었다. 아무래도 다른 방향으로 가는 모양이었다.

호기심이 동한 진양과 공소부는 모퉁이까지 달려가서 조심스럽게 고개를 내밀어보았다.

한데 무인 여섯 명이 두 줄로 서서 한 명의 남자를 이송하고 있는 것이 아닌가. 이송되는 자는 다부진 체격에 회색빛 머리카락이 사방으로 뻣뻣하게 뻗친 남자였다. 그는 온몸에 어른 엄지만 한 굵기의 쇠사슬을 친친 두르고 있었고, 양발에는 커다란 철추를 매단 채 걷고 있었다. 게다가 드러난 피부는 뭔가에 베이고 맞은 듯 온통 상처투성이였다.

그가 한 걸음씩 옮길 때마다 쇠사슬이 마찰을 일으키고, 철추가 바닥을 끌었다.

진양은 회색빛 머리카락의 남자가 뿜어대는 사이한 기운에 몸서리를 쳤다.

'저 사람은 뭘 잘못했기에 저렇게 끌려가는 걸까? 저렇게 큰 철추를 두 개나 매달고 걸을 수 있다니 정말 대단하다. 왠지 저 여섯 명의 무인보다 훨씬 강할 것 같아.'

진양은 한참이나 그 남자의 등을 바라보며 시선을 뗄 수가 없었다.

그런데 묵묵히 걸음을 옮기던 남자가 갑자기 우뚝 멈췄다. 그러더니 굵직하고 탁한 목소리로 웃음을 흘렸다.

"클클, 쥐새끼 두 마리가 함부로 뛰어다니는구만."

순간 진양과 공소부는 심장마저 얼어붙는 줄 알고는 꼼짝도 하지 못했다. 남자가 말한 쥐새끼가 바로 자신들을 두고 이르는 말이라는 것을 본능적으로 깨달은 것이다.

하지만 여섯 무인 중 우두머리는 그 속뜻을 눈치채지 못하고 날카롭게 소리쳤다.

"허튼수작 부리지 말고 어서 걸어!"

남자는 다시 걷기 시작했다.

그제야 진양과 공소부는 얼른 몸을 숨기고는 수레가 있는 곳으로 돌아왔다.

진양은 아직도 두려움이 가시지 않은 얼굴로 물었다.

"형님, 아까 그 사람은 누굴까요?"

"글쎄, 나도 모르겠어. 아마 천중옥(天中獄)에 잡힌 사람인 것 같은데……"

천중옥은 천상련에 죄를 지은 자나 원수를 잡아 가두는 곳이다. 때로는 내부에서 중요한 규율을 어긴 자들이 그곳에 갇히기도 했다.

어쨌거나 그런 죄수들까지 공소부가 알 까닭이 없었다.

그런데 이번에는 천보각 정문에서 무인들의 목소리가 들렸다.

"아, 부각주님 오셨습니까?"

순간 공소부와 진양은 깜짝 놀라서 하마터면 비명을 지를 뻔했다. 두 사람은 마른하늘에 날벼락이라도 맞은 기분이었다.

'부각주라니? 어떻게 부각주가 이곳 천상련에 있단 말이야?'

공소부와 진양은 같은 생각을 하면서 머리가 멍해졌다. 두 사람이 얼른 고개를 내밀어보니 정말 곽연 부각주가 문지기들과 이야기를 나누고 있지 않은가?

'그, 그럼 내가 잘못 알고 있었던 거야?'

공소부의 안색이 창백하게 질렸다.

진양도 떨리는 목소리로 물었다.

"형님, 어쩌죠? 아무래도 곽 부각주님이 이곳에 계셨나 봐요."

공소부는 이제 오줌이라도 쌀 지경이었다. 심장은 터질 듯이 두근거렸고, 다리는 후들거려서 서 있기조차 힘들었다.

두렵기는 진양도 마찬가지였다. 진양이 눈물이 그렁그렁
해서 말했다.

"이제 어쩌죠? 아아, 괜히 저 때문에······."

"아니야. 내가 잘못 알아서 벌어진 일인걸. 내가 미안해."

"아니에요, 형님. 제가 잘못한 거예요."

두 사람은 발을 동동 구르며 궁리를 거듭했다.

곽연이 이제 천보각으로 들어갔으니 진양이 방에 없다는
것을 금방 눈치챌 터였다. 그렇게 되면 얼마나 혼이 날지 알
수가 없었다.

그렇다고 이제 와서 수레에 숨어 다시 돌아갈 수도 없는 노
릇이 아닌가.

두 사람이 아무리 머리를 굴려도 뾰족한 수가 떠오르지 않
았다.

잠시 후 아니나 다를까, 천보각에서 곽연의 고함 소리가 들
렸다. 그 고함 소리가 어찌나 큰지 제법 멀찍이 떨어져 있는
진양과 공소부에게도 뚜렷이 들릴 정도였다.

곽연은 정문으로 나오더니 네 명의 무인을 크게 나무랐다.
내용인즉슨, 진양이 사라졌는데 지금껏 뭘 하고 있었느냐는 질
책이었다. 무인들이 우물거리자 곽연은 다짜고짜 뺨을 한차
례씩 올려붙였다.

그 모습을 숨어서 보고 있자니 공소부와 양진양은 모골이 송연해지며 등줄기에서는 식은땀이 줄줄 흘러내렸다.

진양이 마음을 다잡고 공소부에게 말했다.

"안 되겠어요, 형님. 이대로 숙소로 돌아가세요. 제가 지금이라도 나서면 꽉 부각주님의 노여움을 조금이나마 가라앉힐 수 있을지도 몰라요."

"그게 무슨 소리야? 내가 잘못 알아서 네가 이렇게 된 건데. 그럴 수는 없어."

"아니에요. 제가 먼저 나가고 싶다고 한 걸요. 형님은 아무런 잘못도 없으니 어서 숙소로 가세요. 제가 지금 돌아가서 제 발로 나왔다고 말하면 형님은 괜찮을 거예요."

진양은 말을 꺼내면서도 두려움에 몸이 덜덜 떨렸다.

하지만 자신 때문에 공소부가 피해를 입는 것은 생각하기도 싫었다.

진양이 이토록 의리를 챙기니 공소부는 감동하지 않을 수 없었다. 그래서 더욱 혼자서는 갈 수 없다고 버텼다. 그러다 보니 서로의 설전이 자연스레 길어졌다.

진양은 계속 이야기해 봐야 소용없을 거란 생각에 말을 맺자마자 몸을 돌렸다.

"전 가볼게요. 형님, 꼭 돌아가세요."

공소부가 미처 말릴 겨를도 없이 진양은 모퉁이를 돌아 나왔다.

그런데 다음 순간 진양은 그 자리에서 바위처럼 굳고 말았다.

"여기서 뭘 하고 있었더냐?"

진양이 앞을 가로막고 선 사람을 천천히 올려다보았다. 어느새 곽연이 바로 앞에 다가와서 무서운 표정으로 내려다보고 있었다.

진양이 너무 놀라 입만 쩍 벌린 채 말을 잇지 못하는데, 곽연이 모퉁이를 힐끔 보더니 차갑게 일렀다.

"거기! 소부도 나오너라!"

결국 공소부도 잔뜩 겁먹은 표정으로 모퉁이를 돌아 나올 수밖에 없었다.

第四章
자양진경 (字陽眞經)

쾅! 콰장!

풍천익이 손바닥을 내려치자 탁자가 단숨에 부서져 나갔다.

그 앞에 서 있던 양진양과 공소부는 어깨를 잔뜩 움츠리며 덜덜 떨었다. 두 사람은 머릿속이 하얘서 어떤 생각도 나지 않았다.

풍천익은 두 아이를 노려보다가 문득 곽연을 돌아보더니 다짜고짜 뺨을 두 차례나 세차게 후려쳤다.

짜악! 짜악!

공력이 실린 손찌검이었기에 곽연의 뺨은 금방 시뻘겋게 부어올랐다. 게다가 입술마저 찢어져서 피가 주르륵 흘러내렸다.

"이 어린것들조차 간수하지 못한단 말이냐?"

"죄, 죄송합니다!"

곽연이 머리를 숙이며 사죄했다.

진양과 공소부는 몸 둘 바를 몰라 안절부절못했다. 부각주가 자신들 때문에 피가 나도록 맞았으니 보통 심각한 일이 아닌 것만은 확실했다.

풍천익이 자리에 앉아 두 아이를 번갈아보았다.

"네놈들이 감히 그런 짓을 저지르고도 살기를 바라느냐?"

그러자 진양이 이내 눈물을 주르륵 흘리면서 나서더니 털썩 무릎을 꿇었다.

"각주 어르신, 전부 다 제 잘못이에요. 제가 밖에… 밖에 나가고 싶다고 했어요. 소부 형님은 그냥… 제가 너무 조르니까… 어쩔… 흑, 어쩔 수 없이……."

진양은 말을 마저 잇지도 못한 채 울음을 크게 터뜨리고 말았다.

그러자 공소부도 무릎을 꿇더니 엉엉 울며 말했다.

"아니에요. 제가 나빴어요. 각주님, 절 벌해주세요."

두 아이가 바닥에 엎드려 대성통곡을 하자, 실내는 귀가 먹먹해질 정도로 시끄러워졌다.

곽연이 불쑥 나서서 소리쳤다.

"시끄럽다!"

두 아이는 겁에 잔뜩 질려 울음을 꾸역꾸역 참았다. 하지만 입술을 비집고 나오는 소리는 어쩌지 못했다.

풍천익이 이맛살을 잔뜩 구기고 아이들을 보았다. 그는 잔뜩 화가 나 있었지만, 내심 이 두 아이의 의리와 용기에 감탄하고 있었다.

하나 이대로 용서할 수는 없는 일.

풍천익은 벌떡 일어나더니 곽연의 허리춤에 매인 장검을 '스릉' 뽑아냈다. 예리한 날이 등불에 비쳐 새빨갛게 빛을 뿜었다.

"잘못을 저질렀으면 대가를 받아야지."

말을 마친 풍천익이 검을 번쩍 치켜들었다.

진양과 공소부는 이제 꼼짝없이 죽었다고 생각했다.

풍천익의 전신에서 숨 막힐 듯한 살기가 쏟아져 나왔다. 결국 무공을 전혀 익히지 못한 진양이 먼저 의식을 잃으며 쓰러졌고, 이어서 공소부도 더는 견디지 못하고 기절해 버렸다.

풍천익이 뿜어대는 무시무시한 살기를 감당하지 못해 그대로 기절하고 만 것이다. 그것만으로도 두 아이는 지독한 공포를 경험했을 터이다.

풍천익이 검을 거두고는 곽연에게 건넸다.

"소부를 숙소에 데려다 주거라. 진양은 내가 알아서 하마."

"예, 각주님."

곽연이 공소부를 어깨에 둘러메고 집무실을 나갔다.

풍천익은 쓰러져 있는 진양을 가만히 내려다보았다.

서늘한 바람.

진양은 이마를 부드럽게 스치는 기분 좋은 바람을 느끼며 눈을 게슴츠레 떴다. 밤하늘에 빼곡하게 박힌 별이 당장에라도 머리 위로 쏟아질 듯 빛나고 있었다.

그때 진양은 머릿속을 퍼뜩 스치는 생각에 벌떡 일어났다.

"소부 형님! 소부 형님!"

진양이 주위를 두리번거리며 소리쳤다.

다음 순간 진양은 아찔한 현기증을 느끼며 몸의 중심을 잃었다.

이제 보니 자신이 있는 곳은 높은 지붕의 용마루 위가 아닌가?

진양이 막 지붕 아래로 굴러 떨어지려는데, 누군가의 손길이 진양의 어깨를 덥석 잡았다. 가까스로 중심을 잡은 진양은 고개를 들고 상대를 확인했다.

"각주… 어르신?"

진양의 어깨를 잡은 사람은 다름 아닌 풍천익이었다. 그가 코웃음을 치며 냉랭하게 물었다.

"흥! 정신이 드느냐?"

진양은 뭐가 어떻게 된 건지 도통 알 수가 없었다. 왜 자신이 풍천익과 함께 지붕 꼭대기에 올라와 있단 말인가?

진양이 고개를 갸웃거리고 물었다.

"이거… 꿈인가요?"

"멍청한 소리는 작작 하고 정신 차려라!"

진양이 볼을 살짝 꼬집어보니 따끔한 것이 꿈은 아니었다.

"소부 형님은……."

다 기어들어 가는 진양의 목소리에서는 걱정이 뚝뚝 묻어났다. 괜히 자신의 욕심 때문에 착한 공소부가 해를 입을까 봐 몹시 걱정된 것이다.

"네놈이 남 걱정할 때이더냐?"

"죄송해요, 각주 어르신. 다음부턴 절대로 안 그럴게요. 그러니 소부 형님도 용서해 주시면 안 되나요?"

진양이 애처롭게 말하자, 풍천익이 눈살을 찌푸리고 대꾸했다.

"그 녀석은 지금쯤 숙소에서 자고 있을 게다."

그제야 진양이 안도의 숨을 길게 내쉬었다.

풍천익은 묵묵히 등불이 밝혀진 련 내 풍경을 바라보았다. 두 사람이 있는 곳은 바로 천보각의 지붕 위였다.

풍천익이 더 이상 말이 없으니 진양도 잘못한 것이 있어 아무런 말도 꺼낼 수 없었다.

한참 동안 침묵이 이어지는데, 풍천익이 불쑥 말을 꺼냈다.

"저 밖이 그리 가고 싶더냐?"

진양은 잠시 풍천익을 바라보다가 사실대로 대꾸했다.

"네……."

"왜 가고 싶은 게냐?"

"여기서만 지내니 너무 답답한 걸요."

진양의 울적한 목소리에 풍천익이 다시 이맛살을 찌푸렸다. 그 표정을 본 진양이 얼른 손사래를 치며 말을 이었다.

"하지만 이젠 절대 안 나갈 거예요. 정말이에요!"

"흥! 원래 한 번 울타리를 벗어난 망아지가 또 뛰쳐나가는 법이지."

"아니에요. 정말로 이제는 이곳에서만 지낼 거예요."

진양은 대답을 하면서도 왠지 모르게 마음이 울적해졌다. 그 기색을 눈치챈 풍천익은 가만히 야경을 바라보았다.

'하긴 답답할 때가 됐지.'

벌써 일 년이다.

한낱 열두 살의 어린아이가 겪기에는 고초였을 것이다.

풍천익은 최근 진양의 글씨를 보면서 뭔가 달라졌다는 것을 느낄 수 있었다. 절제해야 할 부분에서 조금씩 넘치는 모습이 드러나고 있었던 것이다.

예로부터 글씨는 마음을 비추는 창이라 했다.

필자의 마음이 비뚤어져 있으면 글씨도 비뚤게 나오는 법이다. 때문에 바른 글씨가 나오기 위해서는 우선 몸과 마음이 건강해야 하는 법이다.

진양은 일 년 동안 갇혀 지내면서 참고 참다 보니 그 욕망이 글씨에 드러나고 만 것이다. 만약 다른 아이들이었다면 진작 글씨가 망가졌으리라.

다 큰 성인의 군부에도 탈영병이 있는데, 이 어린것은 오죽했으랴.

풍천익이 길게 한숨을 내쉬고는 벌떡 일어났다. 그러고는 진양에게 손을 내밀었다.

"잡아라."

"네?"

"여기서 밤샐 작정이냐? 손을 잡으란 말이다. 오늘 밤 네게 천상련을 구경시켜 주마."

진양은 순간 자신의 귀를 의심했다.

하지만 진양이 생각을 해보기도 전에 풍천익의 날카로운 외침이 이어졌다.

"뭘 꾸물거리느냐, 어서 잡지 않고!"

"네? 아, 네!"

진양이 얼른 풍천익의 커다란 손을 잡았다.

그러자 풍천익이 훌쩍 몸을 날렸다. 진양은 마치 풍천익의 손에 이끌려 하늘을 나는 듯한 기분이었다.

풍천익은 담벼락을 밟고 사뿐히 내려서더니 이어서 담 바깥으로 내려섰다. 신기하게도 진양도 몸이 깃털처럼 가벼워지면서 풍천익을 따라 걸음을 옮길 수 있었다.

'아, 나도 무공을 익힐 수 있다면 참 좋을 텐데……'

풍천익은 싱글벙글한 진양을 보고 코웃음을 치고는 냉랭하게 말했다.

"내일부터는 하루 분량을 늘릴 것이다."

"네."

진양은 풍천익의 손을 잡은 채 한적한 길목을 걷기 시작했다.

물론 풍천익이 이처럼 선심을 쓰는 것은 단지 진양의 기분을 풀어주기 위해서가 아니었다. 혹여 마음의 병이 생겨 진양이 하는 일에 영향을 끼치게 될까 염려한 탓이었다. 그만큼 무공서 필사는 중요했으므로.

이날 후, 진양은 단 한 번도 천보각 탈출을 시도하지 않았다.

대신 이따금씩 풍천익은 진양을 데리고 나가곤 했다.

세월은 유수처럼 흘렀다.

천상련의 조벽(照壁:중국식 담장의 일종)을 타고 능소화가 흐드러지게 피었다가 이내 서늘한 바람을 타고 꽃잎이 떨어지더니 어느새 사위는 하얀 눈으로 덮여갔다.

날이 갈수록 양진양은 필사 속도가 늘어갔다. 이제 반나절만 할애하면 하루 분량의 필사를 마칠 수도 있는 지경에 이르렀다.

어느 날 양진양은 필사를 끝낸 후 일층으로 내려가서 서적을 살펴보았다. 요즘 진양은 여가 시간에 의학 서적을 읽는 것이 유일한 낙이었다.

아직 어린 진양이 읽기에는 어려운 말이 많았지만, 다른 종류의 책들은 거의 다 읽은 상태였다. 게다가 천보각에 소장된 책들은 대부분 어느 정도의 수준을 유지하고 있었기에 지금으로선 의술서가 그나마 읽기 편한 축에 속했다.

양진양이 의술서 하나를 들고 이층으로 막 오르려고 할 때였다.

마침 천보각 문을 열고 들어오던 곽연이 땅이 꺼져라 한숨을 내쉬었다.

양진양은 무슨 일인가 싶어서 그에게 다가가 물었다.

"부각주님, 왜 그렇게 한숨을 쉬세요?"

"알 것 없다!"

곽연은 돌연 신경질적으로 말하며 저벅저벅 걸어갔다. 그런데 문득 걸음을 멈추더니 고개를 홱 돌리고는 양진양을 바라보았다.

진양은 그가 굉장히 기분 나쁜 상태라는 것을 알아채고는 얼른 걸음을 옮겼다. 원래 곽연은 상당히 편협한 성격이었기 때문에 본인의 기분이 나쁠 때는 괜히 주위 사람을 불편하게 만들곤 했다.

진양이 막 계단을 올라서려고 하는데 곽연이 소리쳐 불렀다.

"잠깐!"

"네?"

"너, 이리 와봐."

양진양은 괜히 꾸지람을 듣겠다 싶어 뚱한 표정으로 그에게 다가갔다.

곽연은 진양의 손에 들린 의술서를 힐끔 보고는 코웃음을 쳤다.

"네가 그런 걸 본들 무슨 말인지 알기나 하냐?"

"잘 모르지만 마땅히 할 게 없어서 보는 거예요."

곽연은 다시 한 번 콧방귀를 뀌더니 양진양을 아래위로 훑어보았다.

진양은 졸지에 관찰 대상이 되자 은근히 기분이 나빠져서 입을 삐죽 내밀었다.

곽연이 불쑥 말했다.

"나 좀 따라와라."

그는 몸을 홱 돌리더니 집무실을 향해 저벅저벅 걸어갔다. 진양도 별다른 수가 없어 그의 뒤를 따랐다.

집무실로 들어선 곽연은 탁자 위에 서신 한 장을 내려놓았다.

"너, 이게 무슨 말인지 알겠느냐?"

양진양이 서신을 보니 한 편의 시가 고운 글씨체로 적혀 있었다.

그 내용은 남자를 보고 싶어하는 여인의 시였다.

진양은 아주 어려서부터 서예를 익히며 옛 고시를 많이 읽고, 천보각에 온 이후에도 다양한 서적을 탐독했다. 때문에 남녀 간의 연정에 대해서는 잘 모르지만, 시의 내용이 어떤 그리움을 담고 있다는 것만은 분명히 알 수 있었다.

사실 그건 한 여인이 곽연에게 보낸 시였다.

며칠 전, 곽연은 풍천익을 따라서 잠시 수도 응천부(應天府)에 다녀온 적이 있었다. 그때 풍천익과 친분이 있는 어느

양갓집에 잠시 머물렀는데, 곽연은 마침 그 집에 들른 아름다운 여인을 목격했다.

첫눈에 반한 곽연은 어떻게든 그녀에게 접근해 보고 싶었지만 각주인 풍천익이 함께 있는지라 함부로 행동할 수가 없었다.

결국 곽연은 한마디 말도 붙이지 못하고 돌아올 수밖에 없었다. 대신 사람을 시켜 그 여인이 사는 곳을 남몰래 알아보았을 뿐이다.

한데 천상련에 도착하고 나서도 그녀의 모습이 머릿속에서 떠나질 않았다.

그래서 그는 염치불고하고 평소 친구 사이로 지내던 승천각의 부각주 녹배상(祿背相)을 찾아갔다. 녹배상은 타고난 체질의 한계 때문에 실제 무공 실력은 그리 높은 편이 아니었지만, 무공의 요체를 파악하는 재능은 상당히 뛰어난 자였다. 게다가 학식도 풍부했다.

곽연은 녹배상에게 사정을 이야기한 후 자기 대신 여인에게 보낼 서신을 한 장 써달라고 요구한 것이다. 녹배상은 흔쾌히 시 한 구절을 적어주었다.

곽연은 마치 그것을 자신이 쓴 것처럼 꾸민 다음 웅천부에 있는 그 여인에게 보냈다.

한데 그 여인 역시 학식이 풍부하고 시를 무척 좋아했다.

여인이 답가로 시를 적어서 보내오니, 곽연은 기뻐서 어쩔 줄을 몰랐다. 게다가 자신을 만나보고 싶다는 내용이 적혀 있으니 꿈인지 생시인지 모를 지경이었다.

하지만 문제는 그 후였다.

녹배상은 불과 이틀 전에 장기 임무를 맡아서 천상련을 떠난 상황이었다. 이제는 자신이 답가를 적어줘야만 하는데, 시에 대해서는 아는 게 없으니 여간 난감한 노릇이 아니었다. 게다가 자신은 천하의 악필이었기에 감히 서신을 직접 적을 엄두도 나지 않았다.

대략의 사정을 설명한 곽연이 진양에게 넌지시 물었다.

"어떠냐? 너라면 답가를 적을 수 있겠느냐?"

"제 주제에 어떻게 답가를 적을 수 있겠어요."

양진양이 넌지시 발을 뺐다.

사실 진양은 아직 어리긴 했지만, 곽연의 방식이 자못 비겁하다고 생각한 것이다. 좋아하는 사람을 속이면서까지 서신을 보내려는 이유를 이해할 수가 없었다.

그러나 발등에 불이 떨어진 곽연은 진양을 더욱 부추겼다.

"그러지 말고 한번 시를 써보아라. 내가 읽어보고 판단하마."

결국 진양은 알겠노라 대답하고는 방으로 돌아올 수밖에 없었다. 그리고 하루 종일 답가로 쓸 만한 시에 대해서 구상해 보았다.

그러다가 문득 이런 생각이 들었다.

'어차피 내 일도 아니잖아? 그냥 쉽게 생각해서 쓰자.'

마음을 가볍게 먹었더니 오히려 머릿속은 더욱 맑아졌다.

진양은 눈 내리는 창밖을 보다가 문득 영감이 스쳐 곧장 탁
자로 걸어가 붓대를 집어 들었다. 그리고 일필휘지로 시 한
편을 적어나갔다.

白雪東飛來 하얀 눈 동쪽에서 날아오니

空庭滿積想 텅 빈 정원에 그리움 가득 쌓이네.

深夜望月光 깊은 밤 달빛 바라보니

玉容思念長 옥 같은 얼굴 떠올라 한밤을 지새우네.

행서로 적어나간 필체는 첫 구절에서 마치 눈발이 흩날리
듯 하더니, 둘째 구절에서는 고요한 움직임을, 세 번째 구절
에서는 잔잔한 파동을 일으키고 있었다. 그리고 마지막 결구
에서는 자못 애절해 보이기까지 하는 필체가 흐르니 진득한
그리움마저 느낄 수 있었다.

양진양이 적은 시는 기존의 시를 인용한 것이 아니라 오로
지 스스로 창작한 것이었다.

아직 어린 진양은 남녀 간의 애정 문제에 대해서는 잘 모르

지만, 그리움의 대상을 돌아가신 어머니라고 생각하며 쓴 것이다. 그러다 보니 그 애틋한 감정이 배가되어 필체에도 영향을 끼친 것이다.

또한 응천부는 천상련보다 동쪽에 위치해 있으니, 동풍을 타고 오는 눈으로 표현한 것이 절묘하게 맞아떨어지는 셈이기도 했다.

왠지 어려운 숙제 하나를 끝냈다는 생각이 들자 진양은 평소보다도 홀가분한 마음으로 잠들 수 있었다.

다음날 진양은 곽연을 만나 어제 적은 시를 보여주었다. 사실 별로 기대하지 않고 있던 곽연은 시큰둥한 태도로 진양이 내민 서신을 받아 들었다.

하지만 시를 읽자마자 곽연은 눈을 휘둥그렇게 뜨고는 자리에서 벌떡 일어났다.

"이, 이걸 정말 네가 적었단 말이냐?"

"네. 이상한가요?"

곽연은 진양의 말을 귓등으로 들으며 다시 한 번 시를 읽어 내려갔다. 그는 가늘게 몸을 떨었다.

'한낱 열세 살밖에 되지 않은 아이가 어떻게 이런 시를 쓸 수 있는 건가? 게다가 유려한 필체 때문에 시의 감동이 배가되지 않나.'

곽연이 짐짓 엄한 투로 물었다.

"혹시 어디선가 본 고시를 베꼈거나 인용한 것은 아니더냐?"

"아니에요. 제가 생각해서 적은 거예요. 어제 눈이 내렸잖아요."

"만약 네 말에 거짓이 있어서 내가 창피당할 일이 생기거든 용서하지 않겠다."

곽연의 말에 진양은 내심 기분이 나빴다.

기껏 밤늦은 시간까지 고민하며 시를 적어주었더니 이런 식으로 협박하다니.

'그렇게 의심스러우면 직접 쓰면 되잖아? 치!'

하지만 속내를 그대로 말할 수는 없는 법.

단지 눈살을 찡그리며 입술을 삐죽 내밀고는 대꾸했다.

"정말로 제가 창작해서 쓴 시예요."

곽연이 가만 보니 거짓말하는 것 같지가 않았다. 그가 이내 파안대소를 터뜨렸다.

"하하하하! 내 일찍이 네놈 재주를 알아보았지! 아주 잘 썼다. 오히려 녹 부각주보다 네놈이 낫구나. 하하하!"

곽연은 진양의 시가 아주 마음에 들었다. 무엇보다 심상이 고스란히 느껴지는 수려한 필체가 그의 마음을 완전히 사로잡았다.

남자인 자신이 봐도 가슴이 두근거릴 정도인데, 감수성 풍부한 여인이 본다면 그 감동이 얼마나 더 크겠는가?

기분이 좋아진 곽연이 진양에게 물었다.

"혹시 원하는 게 있다면 말해보아라. 내가 오늘은 네 부탁을 무엇이든 들어주마."

양진양은 갑작스런 그의 호의에 어리둥절했다.

하지만 모처럼 찾아온 기회를 어영부영하다가 놓칠 순 없었다. 그래서 진양은 평소에 생각하고 있던 것을 곧바로 말했다.

"정말 아무거나 말해도 되나요?"

"그래. 오늘만큼은 네 부탁을 무엇이든 들어주마."

"그럼… 저… 무공을 배우고 싶어요."

"음? 무공을?"

"네."

양진양이 눈치를 살피며 대꾸했다.

곽연은 잠시 턱을 괴고 생각에 잠겼다.

천보각의 부각주인 그는 진양이 무공서를 필사하고 있다는 것을 잘 알고 있었다. 때문에 진양에게 무공을 전수해 주어서도 안 된다는 것 또한 알고 있었다. 만약 자신이 진양에게 무공을 가르쳐 주다가 풍천익에게 들키기라도 하면 호된 질책을 들어야 할 터였다.

곽연이 이맛살을 슬쩍 구기고는 말했다.

"그거 말고 다른 건 없느냐? 아무래도 그건 좀…….."

"그럼… 없어요."

양진양이 시무룩한 표정으로 대꾸했다.

곽연은 진양의 표정을 보면서 잠시 갈등했다.

'이 녀석의 재주는 앞으로도 종종 써먹을 일이 생길 텐데, 내가 한 말을 지키지 않으면 이 녀석에게 또 도움을 받기가 힘들어질지도 모르잖아. 할 수 없지. 어차피 무공을 가르쳐 줘도 재능이 없으니 제대로 익히지도 못할 거다. 게다가 이 아이는 내공이 없으니 초식만 가르쳐 준다고 한들 별 소용도 없을 게다.'

생각을 정리한 곽연이 이내 고개를 끄덕이며 시원스레 대답했다.

"좋아! 내가 가르쳐 주마!"

"정말요?"

"물론이지. 약속을 했으니 가르쳐 주마. 그전에 나는 서신을 보내고 와야겠다."

"네!"

곽연은 오후 내내 진양에게 무공을 가르쳐 주었다.

하지만 그가 가르친 것은 겨우 권법 두 초식이었다. 천상련

의 독문 무공 중 풍양권법(風陽拳法)이라는 무공의 초식이었
는데, 하나는 풍결권(風決拳)이라는 것이었고, 또 하나는 질풍
권(疾風拳)이었다.

풍결권은 공격 대상의 등 뒤로 돌아가면서 주먹을 휘두르
는 방법이었고, 질풍권은 주먹에 체중을 실어 갑자기 뻗어내
는 방식이었다.

이 두 가지는 풍양권법의 초식 중에서도 아주 기본에 속하
는 것이었다.

곽연은 이 두 가지 초식을 시범으로 보여주고는 어디론가
가버렸다. 사실 워낙 기본적인 초식이었기에 옆에서 일일이
지도해 줄 필요가 없기도 했다.

하지만 진양은 정오에 시작해서 해질 무렵까지 연습하면
서도 이 간단한 두 개의 초식조차 제대로 펼칠 수가 없었다.
곽연이 가끔씩 돌아와서 보고는 한숨만 내쉬고는 돌아가곤
했다.

"내가 살다 살다 너처럼 무공에 재능없는 녀석은 처음 봤
다. 넌 그냥 글이나 써라."

양진양은 곽연의 성의없는 지도가 내심 불만이었지만, 겉
으로 내색은 하지 않았다. 대신 주위가 깜깜해질 때까지 두
개의 권초를 연마했다.

하지만 어지간한 몸치인 진양은 끝내 제대로 된 초식을 구

사할 수가 없었다.

방으로 돌아온 진양은 탁자에 앉아서 길게 한숨을 내쉬었다.

'정말로 난 무공에 재능이 없는 걸까?'

원래 진양은 무공을 익히고 싶다는 생각을 깊이 한 적이 없었다. 다만 천상련으로 오고 나서 보고 듣는 것이 전부 무공에 관한 것이다 보니 슬슬 호기심과 관심이 생겨난 것이다.

하지만 이렇게 몸이 따라가지 않을 줄이야 누가 알았겠나?

양진양은 착잡한 마음을 추스르고자 붓대를 들었다. 마음이 심란할 때 아무 글이나 적으면 어느 정도 편안한 기분이 들곤 했다.

진양은 화선지를 깔아놓고 가만히 보다가 떠오르는 글씨를 초서로 적어갔다. 마치 바람이 불 듯, 물결이 흐르듯 필획이 부드러우면서도 날렵하게 흘러갔다.

풍결권(風決拳).

그런데 마지막 획을 마친 진양은 문득 뇌리를 스치는 생각에 자리에서 벌떡 일어났다.

"아!"

양진양은 입을 딱 벌린 채 자신이 적은 글씨를 가만히 내려다보았다. 분명 글을 적는 순간, 뭐라 형용하기 힘든 깨달음이 머릿속을 스치고 지나간 것이다.

'다시 해보자!'

진양은 다시 붓을 들어 먹물을 찍은 다음 화선지에 글씨를 적어갔다. 바람이 굽이굽이 휘돌아 불 듯 풍(風) 자가 써졌고, 바위틈으로 물이 새어 흐르듯 결(決) 자가 써졌다. 마지막으로 권(拳) 자를 쓴 진양은 가슴이 벅차올랐다.

'이거야. 이 권초의 요체는 결(決) 자에 있는 거야. 결은 쾌(夬) 자에 삼수변(氵)이 합한 거야. 물꼬가 터져 흐르는 모양이니까, 주먹을 뻗어낼 때도 마치 물꼬가 터져 흐르듯 내질러야 한다는 뜻일 거야!'

진양은 다시 한 번 결(決) 자만 써보았다. 과연 이번의 글씨는 더욱 물꼬가 터져 흐르는 모양이 눈에 보이는 듯했다. 글자에서 영감을 받은 진양은 얼른 방 한가운데로 걸어가서 기수식을 취했다.

그런 다음 재빨리 풍양권법의 일초인 풍결권을 시전했다. 마치 보이지 않는 방어막을 뚫고 물꼬가 터지듯 진양의 주먹이 허공을 내질렀다.

쉬이잇! 팡!

진양은 주먹을 힘껏 내지른 상태에서 그대로 멈췄다.

겨우 일 초를 시전했을 뿐인데 진양의 가슴은 기쁨으로 벅

차올랐다.

다른 사람이 봐주지 않아도 알 수 있었다. 지금 펼친 풍결권은 완벽한 자세였다는 것을.

'해, 했다!'

진양은 다시 한 번 기수식을 취했다. 그리고 이번에는 머릿속으로 가상의 상대를 정해놓았다.

자신을 마주한 채 신중하게 기수식을 취하고 있는 상대. 순간 진양이 보법을 밟으며 풍결권을 내질렀다.

쉬이잇! 파앙!

진양의 주먹이 허공을 때리며 파공음을 터뜨렸다. 상대의 빈틈을 노리고 멋지게 들어간 풍결권이었다.

'됐어! 이거야!'

신바람이 난 진양은 얼른 탁자로 달려갔다. 그리고 붓을 들어 다음 초식을 써보았다.

질풍권(疾風拳).

역시 초서로 적은 글씨였는데, 이번만큼은 아까와 달리 획이 굵고 힘이 실려 있었다. 그러면서도 세가 날렵하게 이어지니 적힌 글씨에서 바람이 이는 것만 같았다.

이번에도 진양은 한 가지 이치를 꿰뚫었다.

'그렇구나. 질(疾) 자를 풀이하면 빙(冫) 자와 엄(疒) 자, 그리고 시(矢) 자가 합쳐진 거야. 이 심리는 결국 얼음[冫]처럼 냉정하고, 바위[疒]처럼 고집스럽고, 화살[矢]처럼 빠르고 곧다는 뜻이다. 결국 질풍권은 이 같은 심리와 움직임으로 펼쳐야 해.'

진양은 아까와 마찬가지로 다시 한 번 글자를 적으면서 그 심상을 되새겨 보았다. 단지 질풍이라는 말이 풍기는 느낌과 이렇듯 글자를 해석해서 받아들인 느낌은 진양에게 있어서 천지차이였다.

이치를 깨닫게 되자 막연했던 초식의 움직임이 진양의 머릿속에 선명하게 그려졌다.

다시 방 한가운데로 걸어간 진양은 기수식을 취한 뒤에 질풍권 초식을 펼쳤다. 주먹에 체중이 실리면서 정해진 보법과 함께 매섭게 뻗어나갔다.

슈욱! 파앙!

파공음이 터지면서 진양은 만족한 미소를 지었다.

사실 진양은 모르고 있었다.

내공도 없는 상태에서 이만큼 위력적으로 초식을 펼칠 수 있다는 것은 대단히 놀라운 일이라는 것을.

아마도 천상련 내에서도 풍결권과 질풍권에 있어서만큼은 이제 진양보다 완벽하게 펼칠 수 있는 사람이 존재하지 않으리라.

다만 아쉬운 점이라면 내공이 한 줌도 실려 있지 않기 때문에 단지 초식을 완벽하게 펼친 정도로는 그 위력이 약하다는 것이었다.

하지만 이것만으로도 진양은 뛸 듯이 기뻤다.

초식을 펼치는 재미에 푹 빠진 진양은 반 시진가량 이 두 초식을 연이어 펼쳤다. 그러다가 문득 한 가지 생각이 뇌리를 스치고 지나갔다.

'혹시 자양진경도 이런 식으로 익히면 깨달음을 얻을 수 있지 않을까?'

진양은 얼른 침상을 살펴보았다.

한참 동안 뒤적이던 진양은 침상 구석에 떨어진 책 한 권을 찾아낼 수 있었다. 바로 예전에 익히려다가 포기했던 자양진 경이라는 책이었다.

책장을 열어보니 과연 수려한 글씨체가 적혀 있었다.

'이것이 삼류 무공이든 뭐든 나는 한번 익혀볼 테야.'

진양은 얼른 탁자로 걸어가서 책을 펼쳐 놓았다. 그리고 붓을 들어 화선지에 책에 적힌 내용을 필사하기 시작했다.

한데 필사를 하다 보니 책 내용이 조금 이상하다는 생각이 들었다. 무공서인 줄 알았는데 필사를 하면서 깊이 생각하다 보니 이건 서예서라고 할 수 있을 만큼 글자에 대한 이야기가 많았다. 게다가 집필법까지 일일이 지적하고 있지 않은가.

무공을 익힐 수 있을 거라고 기대했던 진양은 내심 실망스러웠다.

하지만 책에 새겨진 글씨가 워낙 수려했기 때문에 진양은 필법을 배운다는 기분으로 꾸준히 필사를 하기 시작했다.

그런데 두 번째 장을 필사할 때였다.

진양은 문득 자신의 몸에 변화가 생기기 시작했다는 것을 자각했다. 한 글자씩 쓸 때마다 호흡이 깊어지고, 전신의 근맥이 부드럽게 이완되고 있었던 것이다.

게다가 진양은 느끼지 못했지만 그 순간 혈액의 흐름이 빨라지고 기의 순환이 원활하게 일어나고 있었다.

진양은 마치 누군가 온몸을 안마해 주는 듯한 기분에 묘한 쾌감까지 느꼈다.

또한 스스로 필사한 글을 보니 그 뜻이 분명하게 와 닿고 필체가 훌륭하여 심미적인 쾌감까지 더해졌다.

결국 진양은 알 수 없는 흥분감에 휩싸여 밤이 새도록 책을 필사했다.

처음에는 해서체로 구성되어 있었기 때문에 필사하는 데 시간이 꽤 걸렸지만, 행서체가 나오고 초서체로 이어지면서부터는 마치 붓이 스스로 춤을 추듯 글을 적어나갔다.

다음날 아침 진양은 드디어 자양진경의 마지막 장을 필사했다.

단 하루 만에 책 한 권을 필사했다면 어느 누가 믿으랴.

이윽고 붓을 내려놓은 진양은 뭔가에 홀린 듯한 표정으로 침상으로 터덜터덜 걸어갔다. 온몸이 나른해서 마치 꿈을 꾸는 듯했고, 발은 구름 위를 걷는 듯했다.

진양은 지금 시간이 얼마나 흘렀는지도 알지 못했다.

침상 위에 쓰러지듯 드러누운 진양은 그대로 깊은 잠에 빠져들었다.

이날 진양은 생애 처음으로 내공을 연마했다는 사실을 까마득하게 모르고 있었다. 더구나 현존하는 내공 중에서는 자양진기를 능가할 만한 것이 없다는 것도.

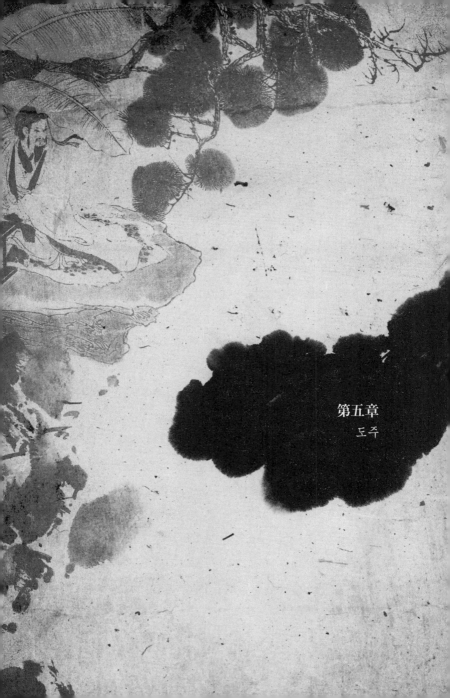

第五章
도주

神筆天下
신필천하

　그날 이후 양진양은 하루도 빠짐없이 자양진경을 필사했
다. 물론 자양진경을 필사하면서도 진양은 몸에 내공이 쌓여
가고 있다는 사실을 꿈에도 몰랐다. 자양진경 구절 어디에도
내공과 관련된 글귀는 없었기 때문이다.

　보통 내공을 수련하면 단전호흡을 하면서 복부가 단단해
지고 내단(內丹)이 쌓이게 마련이다.

　하나 자양진기는 몸 전체해 내공이 고루 퍼져서 사지백해
에 진기가 녹아든다. 물론 본인이 의식하면 곧바로 내단에 진
기를 모을 수가 있다.

자양진기가 몸 전체에 고루 퍼져서 녹아 있는 이유는 일반적인 내공 수련과 달리 서예를 통해서 내공을 쌓기 때문이다.

보통 서예를 하면 손이나 팔만 움직인다고 생각하기 쉬운데, 실제로는 그렇지가 않다.

올바른 자세로 글을 쓰기 위해서는 손가락, 손목, 어깨 힘을 사용하는 동시에 허리와 다리 힘을 함께 써야 한다. 만약 서서 글씨를 쓴다면 온몸의 각 부분이 모두 움직여야만 한다.

때문에 진양은 자양진경을 필사하면서 이러한 자세를 줄곧 유지해 왔고, 그러는 동안 자신도 모르게 익힌 내공이 전신에 고루 퍼져 녹아들게 된 것이다. 이것이 자양진기의 특징이기도 했다.

어쨌거나 이러한 사실을 까맣게 모르는 진양은 그저 습관처럼 자양진경을 필사했다. 자양진경을 필사하면 신기하게도 몸이 개운해지고 잡념도 사라져서 기분이 좋았던 것이다. 게다가 필체 또한 수려해지니 일석이조가 아닌가.

필사를 할 때마다 내기가 원활하게 소통하니, 진양은 하루가 다르게 체격도 커져 갔다. 원래 동년배 중에서도 왜소한 편이었지만, 어느새 훤칠하게 자란 키는 이제 공소부보다도 컸다.

한편 곽연은 종종 진양에게 찾아와 응천부로 보낼 서신을 부탁했고, 그럴 때마다 진양은 시를 지어주거나 수려한 필체로 편지를 대신 써주기도 했다.

그러다 보니 진양도 시간이 흐르면서 곽연과 편지를 주고받는 여인이 문득 궁금해졌다. 매번 보내오는 답장을 보면 필체가 상당히 아름다웠고 학식도 깊어 보였던 것이다.

사실 엄밀히 따지자면 그 여인은 곽연과 소통하는 것이 아니라 진양과 편지를 주고받는 것이나 다름없었다.

그렇게 사 년의 세월이 훌쩍 흘러갔다.

                    *   *   *

어느 날 진양은 여느 때와 다름없이 하루 일과를 끝내고 자양진경을 펼쳐 놓고 필사하고 있었다.

그때 풍천익이 방 안으로 불쑥 들어왔다.

그는 순간 진양을 보고는 눈을 휘둥그렇게 떴다.

'저 녀석이?'

진양을 중심으로 묘한 기운이 감돌고 있는 것이 아닌가.

한편 진양은 풍천익이 들어온 줄도 모르고 오로지 필사에만 집중하고 있었다.

풍천익은 얼른 걸어가서 진양의 손목을 거칠게 낚아챘다. 그 바람에 진양은 화들짝 놀라며 붓을 놓치고 말았다.

"각, 각주 어르신?"

진양이 눈을 휘둥그렇게 뜨고 바라보는데, 풍천익이 무서운 표정으로 노려보기만 할 뿐 아무 말이 없었다.

그는 가만히 눈을 감고 정신을 집중해서 진양의 맥을 짚었다.

하지만 진양의 몸에서는 어떠한 공력도 감지되지 않았다.

보통 내공을 연마하다가 다른 사람이 방해를 하게 되면 주화입마에 걸려들게 마련이다.

하지만 자양진경은 글쓰기를 그만두는 순간 자연스럽게 내공 연마가 중단되기 때문에 주화입마에 빠져들지 않는다. 또한 사지백해에 흘러들던 내공 역시 그 순간 거짓말처럼 녹아들기 때문에 타인이 감지하기가 힘든 것이다.

그러다 보니 풍천익은 어떠한 기운도 읽을 수가 없었다.

'이상하군.'

풍천익이 고개를 들어 진양을 쏘아보았다.

"뭘 하고 있었느냐?"

"필사하고 있었어요."

"하루 분량을 채우지 못했단 말이냐?"

"아뇨. 다른 걸 필사하고 있었어요."

풍천익이 날카로운 눈빛으로 탁자를 훑어보다가 펼쳐져 있는 책을 집어 들었다. 바로 진양이 필사하고 있던 자양진경이었다.

"이것이냐?"

"예."

진양은 풍천익의 표정이 전에 없이 매섭다는 것을 알고 괜히 주눅이 들어 목을 움츠렸다.

풍천익은 이맛살을 잔뜩 구긴 채 자양진경을 훑어보았다.

하지만 아무리 보아도 그저 서법에 관한 책일 뿐 별다른 내용이 없었다. 물론 글자를 통해 우주의 진리를 이해하려는 시도가 언뜻언뜻 보이는 구절이 있긴 했다.

하지만 이는 서예에 관한 이론서 대부분이 그러했기 때문에 이상할 것도 없었다.

'내가 잘못 본 건가?'

풍천익은 의심을 거두고는 자양진경을 탁자에 내려놓았다.

그는 탐탁지 않은 시선으로 진양을 훑어보았다. 만약 진양이 그동안 남몰래 무공을 익히고 있었다면 이는 매우 심각한 문제였다.

그동안 진양이 필사한 책들이 얼마나 많은가? 게다가 그 책들은 모두 강호에서 내로라하는 비전 절기였다.

'아니지. 이 아이가 그 정도로 재능이 있을 리가 만무하지.'

풍천익은 고개를 설레설레 저었다.

그래도 마음이 놓이지 않은 그는 진양을 시험해 보기로 마음먹었다. 그러고는 갑자기 팔을 불쑥 뻗어 진양의 천령개(天

靈蓋)를 노리고 내려쳤다. 그의 오른손이 진양의 뇌문 중앙에 있는 백회혈(百會穴)을 향했고, 왼손은 관자놀이인 태양혈(太陽穴)을 향했다.

어느 쪽이든 막아내지 못한다면 그 자리에서 즉사하고 말 터였다.

갑작스런 공격에 진양은 가슴이 철렁 내려앉으면서도 손발을 마구 휘저으며 물러났다.

이는 무공을 모르는, 아니, 아예 싸움이라는 것 자체를 해본 적도 없는 사람의 반응이었다.

"으앗!"

풍천익의 손길이 머리카락 한 올 차이를 두고 아슬아슬하게 멈췄다.

'이 녀석은 정말 무공을 할 줄 모르는군.'

보통 이렇게 갑자기 공격을 받으면 본능적으로라도 방어 자세가 나와야 한다.

한편 저승 문턱에 발을 들이밀었던 진양은 울먹이며 물었다.

"저, 저한테 왜 그러세요?"

"흠. 미안하다. 내 너를 잠시 오해했다."

풍천익은 손을 거두고 진양을 가만히 바라보았다.

'다행히 무공을 익힌 것 같지는 않지만, 네 운명이 이제 곧

정해질 터. 쯧쯧. 가련하지만 어쩔 수 없는 노릇이지. 이제 필사본이 거의 완성되어 가니 때가 되면 제거할 수밖에.'

사실 그는 지금껏 진양을 내심 기특하게 여기고 있었다. 어린 나이에 그토록 수려한 필체를 구사하는 것을 보자니 서예를 좋아하는 그로서도 마음이 흔들렸던 것이다.

한데 이제는 진양이 맡은 일이 거의 끝나가는 시점이다. 며칠만 지나면 필사할 책도 남지 않게 된다.

천상련이 진양을 살려둘 가능성은 거의 없었다.

사실 풍천익 역시 처음에는 진양의 운명을 당연하게 받아들였다. 한데 지난 사 년간 함께 생활하면서 알게 모르게 정이 든 것이다.

양진양은 자신을 바라보는 풍천익의 눈빛이 어딘지 모르게 예전과 다르다는 것을 느끼고 조심스럽게 물었다.

"각주 어르신, 무슨 문제라도 있으신가요?"

"흠, 아니다. 오늘 한 필사본을 주지 않고 뭐하느냐?"

"아, 예. 여기 있어요."

진양이 얼른 필사본을 챙겨주며 물었다.

"필사할 책이 이제 거의 없는데… 그 후에는 전 무슨 일을 하나요?"

풍천익은 천진하게 물어오는 진양을 보자니 괜스레 마음이 아렸다.

그는 짐짓 퉁명스런 어조로 말했다.

"필사본을 모두 완성하고 나면 너는 이곳을 떠날 게다."

"그럼 이제 학림관으로 돌아갈 수 있는 건가요?"

"어딜 가든 네 마음이겠지. 밤이 깊었으니 이제 그만 자거
라."

풍천익이 차갑게 말을 내뱉고는 방을 나섰다.

사실 필사가 끝나면 천상련에서는 곧바로 진양을 죽이려
들 것이다.

하지만 그런 사정을 곧이곧대로 말해줄 수는 없었다.

며칠 후, 양진양은 예정대로 마지막 무공서 필사를 마쳤다.
그날 밤 풍천익은 공소부를 데리고 진양의 방으로 들어왔다.
진양은 공소부가 한 상 가득 맛있는 음식을 들고 오자 입이
귀밑까지 벌어졌다.

"와아! 맛있겠다!"

"필사본은 어디 있느냐?"

"여기 있어요."

진양이 풍천익에게 마지막 필사본과 무공서를 넘겼다. 풍
천익은 필사본을 훑어본 후 고개를 끄덕였다.

"그동안 수고했다. 오늘 저녁은 소부와 함께 푹 쉬도록 해
라. 오늘은 특별히 음식을 많이 차린 것이니 마음껏 먹도록

하고."

"감사합니다, 각주 어르신. 그럼 전 언제 떠나면 되나요?"

"조만간 알려줄 것이다. 급할 것은 없지 않느냐?"

진양은 고개를 주억거렸다.

풍천익은 그저 천진난만한 얼굴로 들떠 있는 양진양과 공소부를 물끄러미 바라보다가 걸음을 옮겼다. 뒤늦게 진양과 소부가 인사를 했지만, 풍천익은 두 사람을 거들떠도 보지 않고 문을 나섰다.

집무실로 돌아온 풍천익은 탁자에 앉은 채 진양의 필사본을 다시 한 번 훑어보았다. 과연 보면 볼수록 감탄밖에 나오지 않았다.

필사본은 책을 엮기 위한 것이었으므로 하나같이 해서체로 적혀 있었다. 서법이 좀 더 자유로운 행서나 초서에 비해서 비동(飛動)이 약하지만, 진양의 글씨는 충분히 보는 이로 하여금 감탄을 자아내도록 했다.

'이런 걸 보면 정말 그 아이가 무공의 요지를 파악하지 않고 쓴 것인지 의심스럽단 말이지.'

풍천익은 그동안 진양을 상대로 몇 번이나 시험해 보았다. 혹시라도 필사하던 무공서의 구결을 암기하고 있거나 무의식 중에 몸으로 익히지는 않았는지 알아내려고 한 것이다.

하지만 그때마다 진양이 아무것도 모른다는 것을 확인할

뿐이었다. 오히려 진양의 재능이 몹시 떨어진다는 것만 재확인했다.

그럼에도 진양은 글씨만큼은 수려하게 썼다. 단지 보기에 좋은 것이 아니라 각 글자가 뜻하는 바와 문장이 뜻하는 바를 이해하는 필체였다.

사실 진양은 글자 하나에서도 철학을 발견할 줄 아는 아이였기에 그런 표현이 가능한 것이다.

진양의 필사본을 홀린 듯이 읽어가던 풍천익은 가장 마지막 장 아래에 또 다른 화선지가 있는 것을 보고 고개를 갸웃거렸다.

'이건 뭐지?'

그가 절반으로 접힌 화선지를 펼치자 시의 일부 구절이 나타났다. 화선지 사이에 모래먼지가 있는 것으로 보아 진양이 바깥바람을 쐬다가 적은 모양이었다.

風吹客衣日杲杲

樹攪離思花冥冥

乃知貧賤別更苦

吞聲躑躅涕泣零

햇살은 밝은데 바람은 나그네 옷에 불어들고

꽃빛은 어둑한데 나무는 이별의 심사를 어지럽히네.

가난한 사람의 이별이 더욱 아픈 줄을 이제야 알고

울음을 삼키며 머뭇거리니 눈물이 흘러내리는구나.

시구를 읽은 풍천익은 양손을 가늘게 떨었다.

이 글은 당대(唐代)에 시성(詩聖)이라고도 불렸던 두보(杜甫)의 취가행(醉歌行)이라는 시의 일부였다.

취가행은 제목 그대로 술에 취해 부른 노래라는 뜻인데, 진양은 그 시에서 자신의 심사를 나타내는 구절만 따로 떼어내 화선지에 적은 것이다.

구절구절마다 진양의 애절한 마음이 절절하게 느껴지니 풍천익은 내심 격한 감동을 이기지 못했다. 시의 내용이야 두보가 썼으니 두말할 것도 없지만, 햇살처럼 바람처럼 흘러가는 필체는 풍천익의 마음을 옭아매는 듯했다.

사실 진양은 이제 곧 천상련을 떠난다고 생각하자 그동안 정이 들었던 사람들이 아쉬웠다.

특히 매일 자신을 야단치고 꾸중하던 풍천익도 앞으로 볼 날이 얼마 남지 않았다고 생각하자 문득 서글픈 마음이 들었다.

그래서 풍천익에게 그런 자신의 마음을 전하고자 두보의 시 구절에서 일부를 떼어내 적은 것이었다.

비록 지난번처럼 오로지 자신의 힘으로 창작한 구절은 아니었지만 쓰는 순간 진양의 마음은 시의 내용과 다를 바가 없었다. 때문에 필체에도 그 진실함이 묻어나면서 유려하게 흘러간 것이다.

'어린 녀석이 필체에 혼을 담아내는 경지에 이르러 있으니 그 재주가 참으로 기특하구나.'

풍천익은 화선지를 접고는 길게 한숨을 내쉬었다.

그는 이날 이때까지 속세의 모든 현상을 냉정하게 바라보고 차가운 태도로 일관하며 살아왔다. 한데 진양의 필체는 그런 풍천익의 마음까지 움직이게 하는 묘한 힘이 있었다.

'이 아이가 날 이처럼 각별히 생각하니 내가 어쩌면 좋단 말인가. 그렇다고 처음부터 죽이기로 한 아이를 이제 와서 내가 먼저 살려 보내자고 할 수도 없는 노릇이다. 운명이라는 것이 참으로 얄궂구나.'

그가 다시 한 번 길게 한숨을 내쉬는데, 문득 문밖에서 인기척이 느껴졌다.

풍천익은 얼른 화선지를 접어 소매에 넣고는 불렀다.

"밖에 누구냐?"

"곽연입니다."

"들어와라."

풍천익의 말이 떨어지자 곽연이 문을 열고 성큼 들어섰다.

풍천익이 앉은 채로 한쪽 눈썹을 찌푸리며 그를 올려다보았다.

"무슨 일인고?"

"련주님께서 일을 진행하라 이르셨습니다."

"일이라니?"

풍천익이 의아한 표정으로 바라보자, 곽연이 입꼬리를 올리며 말했다.

"진양이 녀석 말입니다."

"그럼 필사본이 모두 완성됐다는 것을 련주님께서 아신단 말이냐?"

"예."

"아니, 그걸 어찌 아신단 말이냐? 천보각의 일은 외부의 누구도 알 수 없는 것인데."

"아, 그건 제가 련주님께 직접 보고했습니다."

곽연이 자랑스러운 표정으로 말했다.

그제야 풍천익은 전후 사정을 알 수 있었다.

곽연은 야욕이 많은 자였다. 부각주인 그가 앞장서서 진양을 죽인다면 작은 공이나마 세우는 셈이다. 그렇게 해서라도 련주의 눈에 들고 싶은 것이리라.

풍천익은 곽연을 못마땅한 표정으로 쏘아보았다.

"넌 그 아이에게 여러 도움을 받았으면서 참으로 모질구나."

"후후, 각주님께 배운 것 아니겠습니까?"

곽연으로선 각주를 추켜세워 준다고 한 말이었는데, 오히려 그 말이 풍천익의 가슴을 아리게 했다. 그리고 보니 자신은 곽연보다 더욱 모질게 살지 않았던가.

그럼에도 풍천익은 진양에게 마음이 동했고, 곽연이 이처럼 매정하게 느껴지는 것은 왜일까?

옛말에 아는 만큼 보인다는 말이 있다.

두 사람 모두 진양의 글씨를 보았지만, 서예에 조예가 깊은 풍천익은 곽연보다도 훨씬 많은 감명을 받은 것이다.

어쨌거나 곽연은 진양을 살려줄 생각이 추호도 없는 듯했다.

"명을 내리시면 지금 당장 녀석을 처리하겠습니다."

그야말로 매정한 말투였다.

평소 진양에게 도움을 받으면서 고마워하던 곽연의 모습은 어디에서도 찾아볼 수가 없었다.

이것이 강호의 모습이다.

필요할 때는 안으로 품지만 불필요해지면 가차없이 내친다.

심기가 불편해진 풍천익이 퉁명스런 목소리로 말했다.

"그래도 사 년 동안 고생한 아이다. 오늘 하루는 푹 쉬게 두어라."

"그럼 언제쯤……."

"내일 정오에 처리해라."

"후후, 오늘 저녁이 녀석에겐 마지막 만찬이로군요. 알겠습니다."

곽연이 야비한 미소를 지으며 걸어나갔다.

홀로 남은 풍천익은 긴 한숨을 내쉬고는 소매에서 화선지를 꺼내 보았다.

보면 볼수록 매혹적인 필체였다.

그는 촛불에 화선지를 가져갔다.

순식간에 옮겨 붙은 불길이 진양의 수려한 필체를 거침없이 태워갔다.

*   *   *

다음날 아침 일찍 일어난 양진양은 자신의 방을 정리했다.

천상련에 들어온 지 어언 사 년.

짐을 정리하다 보니 처음 천상련으로 들어오던 날이 떠올랐다. 새삼 감회가 새로워진 진양이 멍하니 넋을 놓고 있는데, 문득 인기척이 들렸다.

"진양아, 잠시 들어가도 될까?"

공소부의 목소리였다.

"그럼요. 어서 들어오세요, 형님."

진양의 환대에 공소부가 웃으며 방으로 들어섰다.

하지만 그는 이내 썰렁해진 방 안을 보며 씁쓸한 표정을 감추지 못했다.

"이제 너도 떠나는구나."

"보고 싶을 거예요, 형님."

"나도 그럴 거야."

"그런데 무슨 일로 오셨어요?"

"각주 어르신께서 이걸 네게 전해주라고 하셨어."

공소부가 서신 하나를 내밀었다.

양진양은 고개를 갸웃거리곤 물었다.

"이게 뭔데요?"

"나도 몰라. 참, 각주 어르신께서 네가 바쁠 테니까 방해하지 말라고 하셨어. 난 그럼 그만 가볼게."

공소부가 방을 나가고 나서 진양은 서신을 펼쳐 보았다. 서신에는 풍천익이 손수 쓴 글씨가 적혀 있었다.

한데 그 내용이 너무 뜬금없어서 진양은 한참이나 눈살을 잔뜩 찌푸리고 서 있었다.

"이게 도대체 무슨 말이지?"

지하에 있는 창 자루로 조를 베어오너라.

그게 싫으면 발끝마다 침을 뱉고 보아라.

진양은 다시 한 번 글을 꼼꼼하게 읽어봤지만 도대체 이게 무슨 말인지 이해하기가 힘들었다.

그나마 첫 구절은 뜬금없긴 해도 억지로 이해를 한다면 할 수 있었다.

하지만 두 번째 구절은 또 무슨 소린가?

어쨌든 풍천익이 시킨 일이니 모른 척할 수도 없었다. 그래서 얼른 방을 정리한 뒤 지하로 내려갔다. 혹시 심부름이 끝나면 당장에라도 떠나라고 할까 봐 그동안 필사하던 자양진경을 품에 넣는 것도 잊지 않았다.

양진양은 지하의 책장 사이사이를 돌아다니며 창이 없는지 꼼꼼하게 살폈다. 한데 이상하게 창처럼 생긴 거라곤 단 한 자루도 보이지 않았다.

'도대체 이게 뭐람? 혹시 소부 형님이 다른 사람에게 전해 줄 것을 착각한 게 아닐까?'

진양이 허탈한 마음에 다시 계단을 오르려는데, 마침 위층에서 시끄러운 소리가 어수선하게 들려왔다. 발걸음 소리가 매우 다급한 것이 뭔가 일이 생긴 모양이었다.

진양은 얼른 계단을 따라 올라갔다.

그때 날카로운 목소리가 고막을 찔렀다.

"진양이 녀석 어디 갔느냐?"

분명 곽연의 목소리였다.

진양은 갑자기 곽연이 새된 목소리로 자신을 찾자 가슴이
두근거리기 시작했다.

'무슨 일일까?'

곽연의 목소리가 몹시 날카로운 것을 보니 아무래도 좋은
일로 찾는 것 같지가 않았다.

그래도 보통 때라면 자진해서 나섰겠지만, 왠지 오늘만큼
은 진양도 선뜻 나서기가 싫었다. 그래서 계단에 몸을 바짝
웅크리고 조심스럽게 고개를 내밀어보았다.

마침 일층에서 곽연을 맞아 이야기하는 공소부가 보였다.
그 순간 양진양과 공소부의 눈길이 정확히 마주쳤다.

하지만 곽연은 공소부를 마주 보고 있었기 때문에 등 뒤에
있는 진양을 눈치채지 못했다. 공소부는 짐짓 아무것도 보지
못한 척 눈길을 돌리고는 고개를 저었다.

"모르겠어요. 조금 전까지 방에 있었는데……."

"정말이냐? 행여 거짓말이라도 했다간 네놈을 살려두지 않
을 것이다!"

곽연이 검을 뽑으며 소리쳤다.

몰래 지켜보던 진양은 가슴이 철렁 내려앉았다. 도대체 무
슨 일이기에 검까지 뽑아 들고 저 난리를 친단 말인가.

공소부 역시 겁에 잔뜩 질려 있었지만, 끝까지 진양과의 의
를 지키기 위해 고개를 저었다.

"전 몰라요. 정말이에요."

"흥! 그 녀석이 벌써 눈치를 채고 달아난 모양이군! 모두 흩어져서 녀석을 찾아라! 조금 전까지 방에 있었다고 하니 아직 런 내를 벗어나진 못했을 것이다! 어서!"

곽연이 소리쳐 명하자 여러 사람의 우렁찬 대답 소리가 들려왔다.

하지만 진양이 있는 곳에서는 그 사람들이 보이지 않았기 때문에 대충 목소리만 듣고 사람 수를 짐작할 뿐이었다.

진양은 얼른 지하로 내려가서 책장 구석진 자리로 걸어갔다. 호흡이 가빠지고 심장이 벌렁거렸다. 머릿속에서는 아무런 생각도 떠오르지 않았다. 모든 것이 혼란스럽기만 했다.

'부각주님은 날 죽이려는 말투였어. 도대체 무슨 일이 일어난 거지? 왜 날 죽이려고 하는 거지? 그리고 각주님은 왜 나한테 이상한 심부름을 시킨 걸까? 이제 난 어떻게 해야 할까?'

그 순간 진양의 머릿속에 한 가지 생각이 번개처럼 스쳐 지나갔다.

'아! 혹시?'

진양은 손가락으로 먼지가 자욱한 바닥에 글자를 적어갔다.

'어쩌면 각주님께서 내게 기회를 주신 걸지도 몰라.'

진양은 한참 동안 바닥에 글씨를 썼다가 지우기를 반복했다. 그러다가 이내 탄식을 터뜨리고 말았다.

"아, 이거구나. 창 자루로 조를 베어오라는 건 바로 이 글자를 나타내는 것이었어."

바닥에 새겨진 글씨는 한 글자였다.

살(殺).

창 자루는 '수(殳)' 자로 쓸 수 있다. 그리고 조는 '출(朮)' 자로 쓸 수 있을 것이고, 베어오라 했으니 '예(乂)' 자를 쓸 수 있을 것이다. 이를 모두 합하면 바로 죽일 '살(殺)' 이 된다.

즉, 풍천익은 심부름을 시키는 척하면서 진양에게 곽연이 죽이려고 한다는 정보를 흘린 것이다.

한줄기 희망이 생긴 진양은 재빨리 풍천익의 서신을 펼쳐 보았다.

지하에 있는 창 자루로 조를 베어오너라.
그게 싫으면 발끝마다 침을 뱉고 보아라.

"첫 구절은 죽일 '살(殺)' 을 뜻하는 것인데, 두 번째 구절은 뭘 뜻하는 것일까? 정말로 발끝마다 침을 뱉으란 말은 아닐

거야."

진양은 다시 바닥에 이런저런 글씨를 적어보았다. 이번에
는 아까보다 더 빨리 글씨를 추려 낼 수 있었다.

"발끝마다라고 했으니 우선 '족(足)'이라고 쓰고 '각(咎)'
자를 쓸 수 있겠다. 그럼 이 두 글자를 합하면 로(路)가 된다.
그리고 침이라면… 아!"

진양이 다시 또 한 글자를 바닥에 적었다.

이렇게 되자 먼지 바닥에는 두 글자가 나란히 적혔다.

활로(活路).

"이거였어! 침은 입안에 있는 물이니까 혀를 뜻하는 '설(舌)'
자에 삼수변(氵)을 붙이면 바로 살 '활(活)' 자가 되지. 그리고
마지막은 보라고 했으니 '견(見)' 자가 되겠다!"

어느새 바닥에는 세 글자가 나란히 적혔다.

활로견(活路見).

즉, '살길을 보라'는 뜻이다.

앞의 풀이와 이어서 보자면, 한마디로 죽기 싫으면 살길을
보라는 말로 해석된다.

비록 상황이 급박하고 죽음을 목전에 두고 있었지만, 마치 수수께끼가 풀리듯 하나하나 실마리를 찾아내자 진양은 은근한 즐거움마저 느끼고 있었다.

그때 양진양의 머릿속에 또 한 가지 생각이 스쳤다.

바로 언젠가 지하에서 필사할 책들을 꺼내던 중에 '활로(活路)'라는 책을 본 기억이 난 것이다. 각종 진법에 대한 풀이를 적은 책으로, 진에 갇혔을 때 사문(死門)을 피하고 생문(生門)을 찾아내는 방법이 적힌 것이었다.

'혹시 살길을 보라는 뜻이 아니라 그 책을 찾아보라는 뜻이 아닐까?'

여기까지 생각이 미친 진양은 얼른 책장을 뒤져 '활로'라는 책을 찾아보았다.

그런데 지난번 보았던 위치에는 그 책이 꽂혀 있지 않았다. 어딘가에 옮겨놓은 모양이었다.

진양은 마음이 급해졌다.

곽연이 수하들을 이끌고 장내를 수색하고 있지만 머지않아 이곳으로 돌아올 가능성이 컸다. 그렇게 되면 아마도 가장 먼저 지하부터 수색할 것이다.

한참 동안 책장 사이를 누비며 책을 찾던 진양이 어느 순간 뚝 멈췄다.

'찾았다!'

진양은 얼른 책을 꺼내보았다.

하지만 책에는 어떤 특이점도 없었다. 그렇다고 이런 상황 속에서 살아날 방법이 적혀 있는 것도 아니었다.

진양은 다시 책이 꽂혀 있던 자리를 가만히 매만져 보았다. 그러자 과연 책장 바닥에 손가락 하나가 들어갈 만한 구멍이 파여 있었다.

'기관이 장치되어 있구나!'

그제야 진양은 풍천익의 배려에 깊이 감동했다.

풍천익은 대단히 용의주도한 사람이었다. 그는 혹시라도 진양을 섣불리 돕다가 실패할 것을 감안해서 이렇게 에둘러 서 도와준 것이다.

그때, 진양의 눈길이 닿은 곳에 낯익은 제목의 책이 한 권 놓여 있었다.

칠절매화검(七絶梅花劍).

진양은 사 년 전에 만났던 화산파의 제자인 선남선녀들을 떠올렸다.

그들은 사문의 비전절기를 되찾기 위해서 자신의 목숨을 위협했지만, 풍천익이 방관만 하자 순순히 풀어주었다. 게다가 혈사채 무인인 위사령이 자신의 손가락을 자르려고 할 때

기꺼이 나서서 도와주려고 하지 않았던가.

한데 천상련은 지난 사 년 동안 열심히 일을 해주었더니 오히려 자신을 죽이려고 한다.

이때쯤 진양은 천상련이 왜 자신을 죽이려고 하는지 대충이나마 짐작할 수 있었다. 혹시라도 천상련이 보유하고 있는 각종 무공서를 자신이 익히거나 암기하고 있을까 봐 그럴 것이다.

'차라리 이럴 줄 알았더라면 전부 암기라도 해버릴걸!'

괜히 분한 마음이 일어났지만 이제 와서 후회한다고 해도 늦은 일.

진양은 괘씸한 생각이 들자 칠절매화검이라도 훔쳐 가서 그 화산파의 선남선녀 제자들에게 돌려주어야겠다고 마음먹었다.

칠절매화검을 품에 챙긴 진양은 책장의 구멍에 손가락을 넣고 힘껏 눌렀다.

그러자 순간 곁에 있던 벽이 '구구궁!' 소리를 내더니 옆으로 천천히 열리는 것이 아닌가.

진양은 내심 기뻐하면서 얼른 벽 안으로 걸어갔다. 안쪽은 몹시 어두웠지만 손에 들고 있는 야명주 때문에 발 디딜 길은 찾을 수 있었다.

얼마 동안 어두운 길을 따라 달렸을까.

진양은 문득 뒤에서 들리는 인기척에 등골이 오싹했다. 인기척은 점점 가까워진다 싶더니 이내 사람의 목소리까지 들리기 시작했다.

"멀리 가지는 못했을 것이다!"

역시 곽연의 목소리였다.

가슴이 철렁 내려앉은 진양은 얼른 내달리기 시작했다. 한참 동안 달려가자 나뭇가지가 뒤엉켜 있는 출구가 눈에 보였다.

진양은 맨손으로 가지를 마구 쳐내고는 정신없이 달리기 시작했다.

어느덧 해는 서산에 걸쳐 하늘이 붉게 물들고 땅거미가 서서히 깔리기 시작했다.

조금 달리자니 역시나 곽연의 목소리가 또 들려왔다.

목소리는 점점 가까워지더니 이내 등 뒤에서 들리는 듯했다.

한데 이상하게도 곽연의 목소리가 어느 순간 느긋해졌다. 그리고 어느 정도 거리를 유지한 채 더는 가까워지지 않았다.

진양은 신경 쓰지 않고 계속 달렸다.

그러나 얼마 가지 않아서 진양은 곽연이 왜 느긋하게 추격했는지 알 수 있었다.

진양이 달려간 끝자락에는 천 리 낭떠러지가 버티고 있었던 것이다. 까마득한 아래로는 시커먼 물살이 무섭게 휘몰아치며 흘러가고 있었다.

진양이 망연자실해 서 있는데, 곽연이 등 뒤로 다가와 껄껄 웃었다. 그의 뒤로는 수하 십여 명이 도열해 있었다.

"용케도 기관 장치를 알고 있었구나. 하긴 사 년 동안 지하 보관실을 제 방처럼 들락거렸으니 당연할지도."

그는 풍천익이 양진양을 도왔다는 사실을 꿈에도 짐작하지 못했다.

상황이 이렇게 되자 진양은 서글프기도 하고 분하기도 해서 눈시울이 붉어졌다.

"곽 부각주님은 제게 많은 도움을 받으셨으면서 어찌 이럴 수가 있습니까?"

"흥! 네깟 녀석이 뭘 알겠느냐? 원래 강호의 일이 다 그런 것이다. 천상련의 무공서를 필사한다면 이런 날이 올 것이라는 걸 짐작했어야지."

"정말 절 죽일 생각입니까?"

"그러지 않을 거면 여기까지 따라오지도 않았다."

곽연이 말을 마치자마자 성큼성큼 걸어왔다.

진양은 두려움에 몸을 떨며 뒤로 주춤주춤 물러났다. 그러다가 벼랑 끝까지 내몰려 더 이상 물러갈 곳이 없게 되었다.

진양이 고개를 돌려 굽어보니 시커먼 물살이 한 마리의 용처럼 사납게 꿈틀거리며 흘러가고 있었다. 누구라도 저 물살에 휩쓸렸다간 목숨을 건질 수 없을 것 같았다.

그야말로 도처에 죽음만이 가득한 상황.

이리되자 진양은 오히려 오기가 생겨 버럭 고함을 내질렀다.

"의협도 모르는 이 곽씨 놈아! 다 큰 어른이 돼서 어린아이를 죽이려고 하다니! 하늘을 보기에 부끄럽지도 않느냐!"

"이놈이……!"

"이 금수만도 못한 놈아! 길 가는 똥개도 너보단 나을 거다!"

곽연은 수하들도 함께 있는 와중에 돌연 아이한테 욕을 얻어먹자 부아가 치밀어 올랐다.

"어린놈이 뚫린 입이라고 함부로 지껄이는구나!"

"내 입으로 맞는 말을 떠드는데 무슨 문제냐! 천하의 짐승만도 못한 놈아!"

"이익!"

곽연이 성큼 다가가서 진양의 멱살을 잡아 올렸다.

그 순간 진양이 얼른 그의 팔목을 휘어 감았다. 어차피 죽을 거라면 곽연과 함께 계곡으로 뛰어들어 동귀어진을 할 작정이었던 것이다.

곽연은 진양의 의도를 눈치챘다.

하지만 그게 어디 쉬운 일인가.

기본적인 무공 초식 하나도 제대로 익히지 못한 아이가 어찌 자신을 상대할 수 있겠는가?

곽연은 내심 코웃음을 치며 진양의 뺨을 올려붙이려고 했다.

그런데 이게 웬일인가?

진양의 손에 잡힌 팔이 꿈쩍도 하지 않았다. 뿐만 아니라 진양이 움켜잡고 있는 팔목이 부러질 듯이 아파왔다.

'이, 이 녀석이 어떻게?'

곽연은 내심 당황했지만 겉으론 내색하지 않고 얼른 다른 손을 휘둘러 뺨을 때렸다. 겉보기에는 단순히 뺨을 후려치는 듯이 보였지만 그의 손바닥에는 상당한 공력이 실려 있었다. 때문에 무공을 익히지 않은 아이라면 그 자리에서 즉사할 수도 있었다.

철썩!

시원한 소리가 울렸다.

하지만 곽연은 다음 순간 자신의 손바닥이 몹시 화끈거리고 퉁퉁 부어오르는 것을 느꼈다. 동시에 전신을 찌르르 울려대는 감각에 화들짝 놀라고 말았다.

그가 손바닥을 후려치는 순간, 진양의 체내에 녹아 있던 자양진기가 무의식적으로 호신강기를 일으킨 것이다. 그 바람에 진양에게 쏟아부어지던 공력은 오히려 곽연에게 고스란히 반탄되어 돌아간 셈이었다.

물론 진양은 자신의 몸에서 이러한 현상이 벌어진 줄도 모르고 있었다.

그저 따귀를 한 대 얻어맞았는데, 신기하게도 전혀 아프지 않다고만 여겼다.

하지만 따귀를 맞는 것은 그 자체만으로도 몹시 자존심이 상하고 기분 나쁜 일이었다.

화가 난 진양은 이제 물불 가릴 것이 없었다. 그저 양손으로 곽연의 팔을 움켜쥐고 벼랑 끝으로 뛰어내릴 생각밖에 없었다.

진양의 힘에 놀란 곽연은 다시 한쪽 팔을 번쩍 들어서 정수리를 내려쳤다. 무공을 모르는 진양은 머리 위로 떨어지는 손을 보면서도 그저 목을 움츠릴 뿐 다른 방어를 하지 못했다.

그런데 곽연의 손바닥이 진양의 정수리에 닿는 순간, 또다시 진양의 전신에 흩어져 있던 자양진기가 호신강기를 일으켰다. 그 바람에 곽연은 손바닥에 실었던 공력을 또 한 번 고스란히 되받을 수밖에 없었다.

순간적인 충격으로 기혈이 뒤틀린 곽연이 주춤 다리를 구부렸다.

진양은 그 틈을 놓치지 않았다. 곽연의 팔을 꽉 붙든 채 괴성을 지르며 벼랑 밖으로 몸을 던졌다.

"으아아아!"

너무나 순식간에 벌어진 일이었다.

"우왓!"

진양을 둘러싸고 있던 천보각의 수하들이 깜짝 놀라서 외마디 비명을 터뜨렸다.

그들로서도 무슨 일이 벌어졌는지 알 수가 없었다. 그들이 얼른 벼랑 끝으로 달려갔지만, 이미 절벽 아래로 떨어진 두 사람은 검은 물살에 묻혀 모습을 감춘 후였다.

그들은 그저 곽연이 자만한 결과라고 생각할 수밖에 없었다. 곽연이 양진양의 정수리를 내려칠 때 공력을 싣지 않았을 것이라고 지레짐작했다. 그리고 잠시 방심한 사이에 진양이 곽연의 팔을 끌어당겨 뛰어내린 것이리라.

그들은 한참이나 시커먼 물살을 굽어보다가 천천히 돌아섰다.

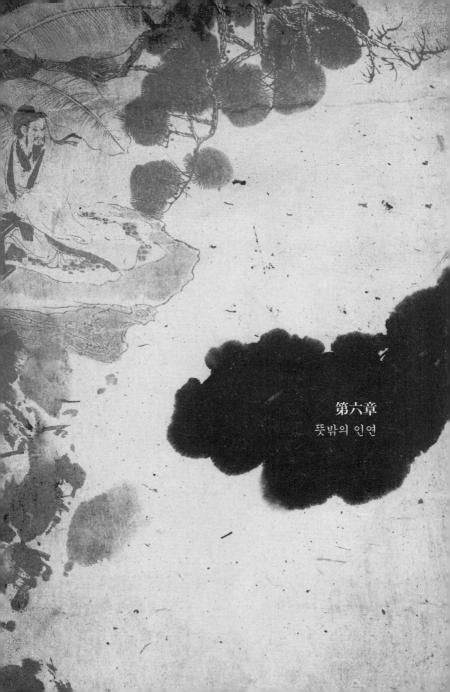

第六章
뜻밖의 인연

　쨱쨱, 쨱쨱쨱.

　진양은 산새가 지저귀는 소리에 눈을 게슴츠레 떴다. 가려
진 잎 사이로 아침 해의 금빛 비늘이 눈부시게 떨어져 내렸
다.

　'나… 죽은 건가?'

　진양은 기억을 더듬어보았다.

　절벽 위에서 온 힘을 다해 곽연의 팔을 끌어당기며 계곡으
로 뛰어내린 것까지 기억이 났다. 심장마저 얼려 버릴 듯 차
가운 물속에 잠기고 나서부터는 아무런 기억도 남아 있지 않

았다.

진양은 이렇게 죽은 것도 나쁘지 않다고 생각했다. 아침 햇살이 빛나고 산새가 쉼없이 지저귀니 분명히 극락일 거라고 생각했다. 어쩌면 여기서 부모님을 볼 수 있을지도 모른다고 생각하니 오히려 기쁜 마음마저 들었다.

하지만 뒤미처 치밀어 오르는 구토 증세에 진양은 벌떡 일어나서 엎드렸다.

"우웨엑! 쿨럭쿨럭!"

구역질을 할 때마다 엄청난 양의 물이 쏟아져 나왔다. 그제야 진양은 자신이 죽지 않고 살았다는 것을 실감했다.

그 높은 곳에서 떨어져 급류에 휩쓸렸는데 어떻게 살아남을 수 있었던 것일까?

진양은 자신이 벼랑에서 떨어지는 순간부터 몸을 보호하는 호체신공이 자연스럽게 발출됐다는 사실을 전혀 모르고 있었다.

한참 동안 구역질을 한 진양은 털썩 드러누워 나뭇잎 사이로 드러난 하늘을 올려다보았다. 극락세계에서 부모님을 뵐 수 있을지도 모른다고 생각했다가 돌연 현실에 부딪치니 서러운 생각마저 들었다.

문득 자신을 살게 놔둔 천지신명마저 원망스러울 정도였다.

하지만 다시 죽을 용기는 없었다. 또 죽는다고 한들 정말로 극락세계에 갈 수 있을지는 아무도 모르는 법.

양진양은 몸을 일으키고는 주위를 둘러보았다. 제법 떨어진 곳에 물이 흐르고 있었고, 주위는 온통 초목이 우거져 있었다. 아마 계곡 물에 떠밀려 오다가 하류에 다다르자 이곳까지 걸어서 나온 모양이다.

결국 스스로 삶에 집착한 것이니 천지신명을 탓할 수도 없는 노릇이었다.

"아! 책!"

진양은 순간 천보각 지하 보관실에서 챙겼던 '칠절매화검'이 생각나서 얼른 품 안을 뒤져 보았다. 다행히 품에는 두 권의 책이 단단히 여며져 있었다.

하지만 계곡물에 떠내려 왔으니 책 상태가 온전할지 알 수 없었다. 얼른 책을 펼쳐 보니 놀랍게도 자양진경은 글씨가 전혀 번지지 않았다. 뿐만 아니라 종이의 상태도 물에 빠지기 전과 전혀 다르지 않았다.

한낱 삼류잡배가 쓴 무공서라고 생각했던 것이 이처럼 신물(神物)일 줄이야 누가 알았으랴?

진양은 얼른 칠절매화검도 펼쳐 보았다.

하지만 칠절매화검은 종이도 많이 눅눅했고 글씨도 꽤 번져 있었다. 그래도 진양은 글씨에 관해서만큼은 누구보다도 눈썰미가 뛰어난 아이였다.

눈에 힘을 주고 한 글자씩 가만히 들여다보니 영 못 알아볼 것 같지는 않았다.

'빨리 지필묵을 사서 필사한다면 어느 정도 복원은 할 수 있겠다.'

생각을 정리한 진양은 두 권의 책을 다시 품에 여미고는 자리에서 일어났다. 진양은 주위를 두리번거리다가 물가로 걸어가서 물이 흐르는 길을 따라 걸어갔다.

낯선 산에서 길을 잃어버렸을 때는 물줄기를 따라서 내려가는 것이 최선의 방법이다.

그렇게 얼마를 걸어갔을까.

진양은 먼발치 물가에서 시커먼 수초 같은 것이 하늘거리는 것을 보았다. 좀 더 다가가서 보니 그것은 수초가 아니라 사람의 머리였다.

깜짝 놀란 진양이 얼른 달려가서 사람을 끌어내리려다가 그 자리에 굳은 듯이 움직이지 못했다. 물에 머리를 처박고 널브러진 사람은 다름 아닌 자신을 죽이려고 했던 곽연이었다.

그는 진양보다 더욱 오랫동안 떠내려 와서 물가에 널브러져 있었던 것이다.

진양은 우선 가까이 다가가서 그를 살펴보았다. 사지가 축 늘어진 것이 죽었는지 살았는지 알 길이 없었다. 일단 진양은 곽연의 양 겨드랑이에 손을 끼워 넣고 뭍으로 끌어냈다.

곽연은 여전히 눈을 뜨지 못했다. 물을 한 가득 마셨는지 배는 금방이라도 터질 듯이 불룩했다. 진양이 그의 목 언저리에 손을 댔다가 가슴에 귀를 대보았다.

'살아 있구나.'

심장이 뛰고 있었다.

그가 죽지 않은 것을 확인하니 만감이 교차했다.

진양은 그의 얼굴을 물끄러미 내려다보았다. 벼랑 위에서 실랑이를 벌일 때만 해도 어떻게든 죽이고 싶은 자였는데, 물에 빠져 축 늘어진 꼴을 보자니 한편으론 측은한 생각도 들었다.

만약 곽연을 죽이려면 지금처럼 좋은 기회도 없었다.

진양은 천천히 다가가 곽연의 목에 양손을 얹었다. 지금 목을 조른다면 큰 힘을 들이지 않고 죽일 수 있을 것이다.

하지만 진양은 결국 손에 힘을 주지 않았다. 대신 긴 한숨을 내쉬고는 일어섰다.

"당신은 날 죽이려고 했지만, 나는 당신을 죽이지 않겠습니다. 지금 내가 당신을 죽인다면 당신과 똑같은 인간이 될 테니까요. 하지만 애써 살려주지도 않을 겁니다. 하늘이 기회를 주신다면 당신도 살 수 있겠지요."

말을 마친 진양은 곽연의 품을 뒤져 보았다.

은자 석 냥이 나왔다.

진양은 은자를 챙기고는 다시 걸음을 옮겼다.

계곡을 따라 내려간 양진양은 평여현(平輿縣)에 다다랐다.

진양은 먼저 칠절매화검을 필사하기 위해 저잣거리로 갔다.

그런데 가게에 들러 문방사우를 샀더니 은자 석 냥을 모두 써버리고 남은 돈이 없었다. 사실 은자 석 냥은 꽤나 큰돈이었지만, 세상물정에 어두운 진양은 가게 주인이 돈을 달라는 대로 다 주고 산 것이다.

빈털터리가 된 진양은 번화가 밖에 있는 관제묘(關帝廟)로 가서 칠절매화검을 필사했다. 군데군데 글씨가 번져서 알아보기 힘든 것도 꽤 많았지만, 상당 부분 복원시킬 수가 있었다.

필사를 마치고 나니 어느새 달이 휘영청 떠올라 있었다. 그제야 진양은 자신이 문틈으로 스며드는 달빛에 비춰 글을 쓰고 있었다는 사실을 깨달았다.

필사본을 품에 챙겨 넣고 일어나니 몹시 허기가 졌다. 하루 종일 아무것도 먹지 않은데다 장시간 집중해서 글을 썼더니 배가 등가죽에 달라붙은 듯했다.

진양은 문방사우를 챙겨 들고는 터덜터덜 언덕을 내려갔

다. 당장 먹을 것을 구하기 위해서는 남은 도구들이라도 팔아서 돈을 벌어야 했다.

하지만 저잣거리는 이미 밤이 깊은 시간이어서 대부분의 가게가 문을 닫아버렸고, 객점이나 주루만이 등불을 환하게 밝혀놓고 있었다.

마침 객점 앞을 지나가던 진양은 식욕을 자극하는 고기 냄새에 침을 꼴깍 삼켰다. 배에서는 연신 꼬로록 소리가 울렸다.

결국 진양은 다짜고짜 객점의 문을 열고 들어갔다.

점소이는 추루한 옷차림의 진양을 위아래로 훑어보더니 마지못한 듯 자리를 안내해 주었다.

진양은 몹시 굶주려 있던 상황이라 우선 먹고 싶은 것을 잔뜩 시켰다. 점소이는 이상하게 바라보면서도 별말없이 주문한 음식들을 내왔다. 게눈감추듯이 음식을 먹어치운 진양은 배가 부르기 시작하자 슬슬 뒷감당이 걱정되기 시작했다.

'일단 배는 채웠지만 돈이 없으니 어떻게 해야 할까?'

이리저리 궁리하던 진양은 문방사우를 자리에 놓고 일어났다. 그리고 주위를 두리번거리다가 냅다 달리기 시작했다.

타다닥!

"앗! 저놈이!"

그렇잖아도 신경을 곤두세우고 있던 점소이는 진양이 문

을 박차고 달아나자 '저놈 잡아라!' 하고 소리치며 뒤따라 뛰었다.

진양은 야조(夜鳥)라도 된 것처럼 나는 듯이 달려갔다. 점소이가 고래고래 욕을 내지르며 따라왔지만, 그 소리마저 조금씩 멀어지더니 이내 귓가에 들리지도 않게 됐다.

진양은 다행히 점소이가 몹시 둔하다고 생각했다.

하지만 그건 진양의 착각이었다.

자양진경을 익히고 나서 진양은 내공이 매우 심후해졌다. 때문에 지금도 보통 사람들보다 훨씬 빠른 걸음으로 달아날 수 있었던 것이다.

만약 진양이 제대로 된 경신법이라도 익혔더라면 아마 지금보다도 훨씬 빨리 달릴 수 있었으리라.

진양은 생에 처음으로 밥 도둑질을 한지라 심장이 가슴 밖으로 튀어나올 듯이 쿵쾅거렸다. 결국 제풀에 발이 엉키더니 이내 풀썩 쓰러지고 말았다. 얼른 고개를 돌려보니 다행히 점소이는 눈에 보이지 않았다.

"휴우! 큰일 날 뻔했다."

양진양은 아직도 두근거리는 가슴을 손으로 쓰다듬으며 천천히 일어났다.

그때 등 뒤에서 인기척이 들리더니 성난 고함 소리가 불쑥 들렸다.

"이놈! 감히 공짜로 음식을 먹고 도망을 가? 네놈이 간이 배 밖에 나왔구나!"

진양이 깜짝 놀라서 돌아보니 체구가 건장한 대머리사내가 허리에 손을 얹고 호통을 치고 있었다. 그 곁에는 비쩍 마른 사내가 있었는데, 유난히 턱이 뾰족하고 광대뼈가 툭 불거져 나와 있어서 몹시 깐깐해 보이는 인상이었다.

두 사내를 본 진양은 안색이 하얗게 질리고 말았다.

'객점에서 여기까지 쫓아왔나 보구나! 이제 꼼짝없이 잡혔으니 어쩌면 좋담?'

진양이 겁에 질려 오들오들 떨고 있자, 두 사내가 서로를 바라보며 씩 웃었다.

대머리가 성큼성큼 다가왔다.

"네놈은 죄를 저질렀으니 우리와 함께 가야겠다!"

"잘못했어요. 용서해 주세요."

진양이 애절한 목소리로 말했지만, 사내들은 한 치의 양보도 없었다.

마른 사내가 콧방귀를 꼈다.

"흥! 잘못한 걸 알면 벌을 받아야지! 따라오너라! 순순히 따라오면 널 때리진 않으마!"

"어딜 가는 건데요?"

"범죄자가 말이 많구나! 죄를 지었으면 얌전히 따라올 것

이지 뭐가 그리 궁금한 게 많단 말이냐?'

양진양은 '범죄자'라는 말을 듣자 가슴이 두근거리고 먹은 음식마저 소화가 안 되는 것만 같았다.

그때 대머리사내가 픽 웃으며 말했다.

"우리는 너 같은 범죄자들을 데려다가 개과천선시켜 주는 사람들이다. 그러니 얌전히 따라와라."

대머리사내가 진양의 목덜미를 잡고는 끌어당겼다. 진양은 저지른 잘못이 있으니 그가 이끄는 대로 발을 옮겼다. 그런데 문득 이상한 생각이 들었다.

'이 사람들은 관인도 아닌 것 같은데 날 어디로 끌고 가는 것일까? 말하는 걸 보면 객점 사람도 아닌 것 같은데……'

진양은 이상한 생각이 들자 우선 시험을 해보기로 마음먹었다.

"제가 잘못했어요. 절 그 객점에 데려가 주세요. 객점 주인 어른께 잘못을 빌고 벌을 달게 받겠습니다."

진양이 객점을 찾아가겠다고 하자, 사내들은 당혹스러운 표정을 감추지 못했다.

마른 사내가 돌연 언성을 높였다.

"흥! 네놈이 가서 사죄한들 맞아 죽기밖에 더 하겠냐? 잠자코 따라오기나 해!"

"맞아 죽어도 어쩔 수 없죠. 제가 잘못한 거니까 때려죽인다고 해도 원망하지 않겠어요."

진양이 완강하게 나오자 사내들은 더욱 난감한 표정이 됐다.

사실 이들은 사람을 납치해서 돈을 받고 파는 자들이었다. 그들은 평여 근처의 야산에 근거지를 두고 있었는데, 해사방(害死幇)이라는 이름까지 버젓이 내걸고 있었다. 근방에서는 악명 높은 인신매매 집단이었지만, 지금껏 천상련에서만 지내던 진양으로서는 이들을 모르는 것이 당연했다.

마른 사내가 버럭 고함을 내질렀다.

"시끄럽다! 네놈에게 내릴 벌은 우리가 정할 테니 얌전히 따라오기나 해!"

양진양이 비록 무공에는 재능이 없었지만, 원래 머리는 총명한 아이였다. 진양은 이들이 지나치게 당황한다는 것을 단박에 눈치챘다. 그래서 일부러 더욱 고집을 부렸다.

"싫어요! 전 벌을 받으려고 가려는 게 아니에요. 잘못을 했으니 벌을 받아야겠지만 그전에 객점 주인어른께 정중히 사과하고 싶은 거예요!"

"닥쳐라! 사과도 우리한테 하면 돼!"

"아저씨들이 누군데 사과하란 말이에요?"

그러자 대머리사내가 생각없이 입을 열었다.

"우린 해사방… 아, 아니야, 아무것도."

진양은 이 대머리사내가 마른 사내보다 우둔하다는 것을 눈치챘다. 그래서 대머리사내를 빤히 바라보며 물었다.

"뭐라구요? 해사방? 해사방이 뭔데요?"

"시끄러워! 아무것도 아니라니까!"

"아저씨들 누구죠? 전 아저씨들 따라가지 않을래요! 이것 놔요!"

진양이 몸부림을 치자 대머리사내가 저도 모르게 손을 놓치고 말았다.

생각보다 진양의 힘이 억셌던 것이다.

상황이 이리되자 마른 사내도 더 이상 감추지 않았다.

"흐흐흐. 우리 정체가 그렇게 궁금하냐? 나는 마취삼(馬取三)이다. 이 녀석은 방두철(龐斗喆)이지. 이제 됐냐? 우리가 이름을 밝혔으니 얌전히 따라오는 게 좋을 것이다. 네놈을 절대로 그냥 보내진 않을 거니까."

하지만 진양은 두 눈을 부릅뜨고 대답했다.

"안 갈래요!"

마취삼과 방두철은 뜻밖이라는 표정으로 서로를 번갈아보았다. 보통 이쯤 되면 두려움에 떨며 살려달라고 애걸복걸하는 게 정상이다.

한데 이 소년은 도대체 뭘 믿고 이렇게 당차게 나온단 말인가?

진양은 천천히 뒷걸음질로 물러났다.

이미 생사를 도외시하고 벼랑 끝에서 뛰어내린 경험까지 있는 진양이다. 한번 이자들을 따라가지 않겠다고 마음먹자 죽으면 죽었지 끌려가고 싶진 않았다.

"쯧. 결국 귀찮게 만드는군."

마취삼이 단도를 뽑아 들고 본색을 드러냈다. 하얀 달빛을 받은 도날이 시린 빛을 뿜었다.

진양은 주먹을 꼭 말아 쥐었다.

'하나도 겁나지 않아. 어차피 난 한 번 죽을 뻔했잖아. 이제 와서 죽는다고 해도 억울할 것 없지.'

독하게 마음을 먹고 나자 오히려 없던 용기까지 생겼다.

한편 마취삼은 단도를 이리저리 휘두르며 위협적으로 다가왔다. 그 곁에서는 방두철이 목뼈를 우두둑 꺾으며 걸어왔다.

마취삼이 혓바닥으로 도날을 핥았다.

"얌전히 가자니까. 거기 가면 네 또래 아이들도 많아. 좋은 친구가 될 수 있을 거다."

"에잇! 퉤!"

양진양이 침을 뱉었다.

마취삼이 얼른 피했으니 망정이지 자칫하면 침이 그대로 뺨에 묻을 뻔했다.

"이놈이!"

눈이 뒤집힌 그가 단도를 휘두르며 달려들었다. 그 옆에선 방두철이 양손을 뻗어왔다.

그 순간 진양의 뇌리에 과거 천상련에서 익혔던 풍양권법의 두 초식이 번개처럼 스쳐 지나갔다.

'단도와 왼팔 사이로 물꼬가 터져 흐르듯이!'

진양이 순간적으로 보법을 밟더니 마취삼의 단도와 왼팔 사이로 파고들어 주먹을 내찔렀다.

쉬이익! 뻑!

"커억!"

왼쪽 옆구리에 풍결권을 정통으로 얻어맞은 마취삼은 오장육부가 뒤집힐 듯한 고통에 두 눈을 부릅떴다.

깜짝 놀란 방두철이 두 팔을 활짝 펼치며 달려들었다. 순간 진양은 다시 질풍권 초식을 떠올렸다.

'얼음처럼 냉정하고, 바위처럼 고집스럽고, 화살처럼 빠르게!'

슈슈슉! 퍼엉!

진양의 주먹이 이번에는 방두철의 복부에 정확히 꽂혔다. 그야말로 섬광 같은 움직임이요, 질풍 같은 주먹이었다.

방두철은 뒤로 다섯 걸음이나 밀려난 뒤에야 털썩 쓰러지더니 피를 한 움큼 토해냈다.

"웨엑!"

진양은 두 눈을 멀뚱멀뚱 뜨고는 자신의 두 주먹을 내려다 보았다.

'돼… 됐다!'

실전에서 처음으로 써본 권초였는데 멋지게 성공한 것이다.

마취삼과 방두철은 몸을 부들부들 떨며 간신히 일어났다. 두 사람은 진양이 무공을 할 줄 안다는 사실에 충격을 받은 모양이었다.

"너, 너 이놈! 나중에 후회하게 될 줄 알아라!"

마취삼이 버럭 소리치고는 몸을 돌려 달아났다. 방두철도 허겁지겁 그 뒤를 쫓았다.

양진양은 용기가 더욱 치솟았다.

'그래, 어차피 내가 죽을 각오를 한 몸인데 아쉬울 게 뭐가 있겠어? 게다가 나는 저 두 사람을 이겼잖아.'

진양은 아직 어린데다 강호 경험이 없었다.

한데 이제 막 두 초식으로 두 어른을 무찌르니 마치 무적이 된 듯한 기분이었다. 이는 무관에 들어가서 삼 개월 정도 무공을 익힌 자라면 누구나 가지게 되는, 사실 객기에 가까운 용기였다.

진양이 얼른 몸을 날려 두 사람의 앞길을 가로막았다.

"잠깐!"

"뭐, 뭐냐?"

"아저씨들을 따라가면 친구들이 있다고 했지?"

진양의 물음에 마취삼과 방두철이 어리둥절한 표정으로 서로를 번갈아보았다.

마취삼이 눈썹을 구기고 물었다.

"그런데?"

"날 거기까지 안내해요."

"뭐?"

"해사방으로 날 안내하라고요."

진양이 또박또박 말했다.

진양은 이들의 말을 듣고 자신과 비슷한 또래 아이들이 여럿 납치되었을 것이라고 짐작한 것이다. 이미 자신감이 붙은 진양으로선 할 수만 있다면 그들마저 풀어주고 싶은 생각이 들었다.

반면 마취삼과 방두철은 뜻밖의 말에 내심 조소를 지었다.

'흥! 네놈이 그 알량한 재주를 믿고 까부는가 본데, 우리 해사방이 네깟 녀석 하나도 어쩌지 못할 만큼 허술할 줄 아느냐? 오냐. 제 발로 걸어오겠다는데 막을 이유가 없지.'

마취삼이 소리쳤다.

"따라와라!"

진양은 두 사람을 앞세우고 뒤를 따랐다.

결국 이제는 진양 스스로 그들의 뒤를 쫓게 됐다.

양진양은 두 사람을 따라 산기슭을 돌아 숲으로 들어갔다. 대략 사오 리 정도 더 들어가자 목책이 보였고, 그 가운데에는 커다란 나무 기둥이 하나 박혀 있었다. 나무기둥 윗부분에는 장승처럼 얼굴을 새겨놓았는데, 마치 귀신의 그것마냥 흉측해 보였다.

한편 마취삼과 방두철은 내심 고개를 갸웃거렸다. 원래 해사방은 목책을 지나서도 이 리 정도 더 걸어가야 했지만, 보통 이곳에서 파수를 서는 사람이 보여야 정상이었다.

마취삼과 방두철은 서로 얼굴을 바라보며 고개를 갸웃거리고는 계속 걸어갔다. 안으로 깊숙이 들어갈수록 두 사람의 표정에는 의구심이 짙어져 갔다.

"마 형, 아무래도 뭔가 이상하지 않수?"

방두철의 말에 마취삼도 고개를 끄덕였다.

"확실히 뭔가 수상해."

두 사람은 걸어가면서 주변을 꼼꼼하게 둘러보았다. 나뭇가지나 풀잎이 마구 꺾이고 짓밟혀 있었다. 아마 한바탕 싸움이라도 있었던 모양이다.

양진양은 그런 것까지는 신경 쓰지 못한 채 내심 바짝 긴장하며 두 사람을 따라갔다. 용기백배하여 무작정 따라오긴 했지만 이제부터 어떻게 해야 좋을지 몰랐다.

그때 전방에서 병장기 부딪치는 소리가 아련하게 들려왔다.

"이런! 정말 무슨 일이 생긴 모양이군! 침입자인가?"

마취삼의 외침에 방두철이 걸음을 빨리했다.

양진양이 보기에도 이 두 사람이 거짓말을 하는 것 같지가 않았다. 숲 안으로 다가갈수록 병장기 부딪치는 소리가 다급하게 이어졌고, 여기저기서 고함을 지르는 소리도 들렸다.

세 사람이 허겁지겁 숲길을 돌아가니 마당에 불을 환히 밝힌 낡은 사찰 하나가 나타났다. 해사방은 이 버려진 사찰을 근거지로 삼고 있었다.

싸움은 사찰 마당에서 벌어지고 있었는데, 놀랍게도 안을 들여다보니 침입자는 단 한 명에 불과했다. 게다가 침입자는 머리가 하얗게 세고 등이 활처럼 굽은 꼽추노인이었다. 노인 주위로는 벌써 중상을 당해 쓰러진 자들이 수두룩했다.

해사방의 무리로 보이는 패거리들은 꼽추노인을 둘러싼 채 으르렁거리고 있었다.

"이 백발 마두야! 우리한테 무슨 원한이 있다고 이러는 게냐!"

해사방의 패거리 중 한 명이 손에 든 장창으로 노인을 가리키며 소리쳤다.

꼽추노인이 히죽 웃었다.

"네놈들은 원한이 있는 녀석들만 잡아다가 팔았던고?"

"흥! 그게 너랑 무슨 상관이냐!"

"상관있고말고! 싸가지없는 놈들을 잡아서 혼내주는 게 요즘 내 일이니까 당연히 상관있지!"

꼽추노인은 이가 빠져 우둘투둘 녹슨 도를 손에 쥐고 있었는데, 그 도날로 머리를 벅벅 긁었다.

그 모습에 해사방의 무리는 안색이 하얗게 질리고 말았다.

이제 막 해사방에 도착한 마취삼과 방두철은 뭐가 어떻게 된 영문인지도 모르고 그 자리에 굳은 듯 서 있을 뿐이었다.

놀라기는 진양도 마찬가지였다.

사실 진양의 처음 생각으론 마취삼과 방두철을 인질 삼아 해사방의 방주와 거래를 할 생각이었다. 한데 뜻밖에도 해사방에 큰 변고가 생겼으니 그저 어리둥절할 수밖에.

마침 소리치던 장창의 사내가 마취삼과 방두철을 보고는 반색했다.

"마 아우! 방 아우! 어서 오게! 어서 힘을 합쳐서 저 노망난 늙은이를 치세나!"

"아, 예, 방주님."

마취삼과 방두철은 급박하게 돌아가는 사정을 보고는 진양에 대해서는 잊어버렸다. 상황이 위급하다 보니 방주의 눈에도 진양이 들어오지 않는 모양이었다.

꼽추노인이 조소를 지었다.

"흥! 조무래기 몇 마리 더 늘었다고 상황이 달라질까?"

"시끄럽다! 늙은이!"

방주가 고함을 내지르며 꼽추노인을 향해 쇄도했다. 과연
방주답게 그의 움직임은 몹시 재빠르고 민첩했다.

"가소로운!"

꼽추노인이 순간 도를 들어 올려 옆면으로 창대를 후려쳤다.

터엉―!

가볍게 툭 친 듯했는데 장창을 든 방주는 몸 전체가 휘청거
리며 서너 걸음을 물러났다. 이어서 꼽추노인이 번개처럼 몸
을 날리더니 연이어 달려드는 해사방의 패거리를 차례차례
쓰러뜨려 갔다.

"크악!"

"아아악!"

그의 도날이 번쩍번쩍 빛을 뿜을 때마다 해사방의 무리는
선지피를 흩뿌리며 쓰러져 갔다.

그나마 가장 오래 버틴 사람이 방주였다.

하지만 그 역시 오 초를 채 넘기지 못했다. 어금니를 꽉 물
고 몇 번의 도식을 받아냈지만, 결국에는 우둘투둘한 도날에
옆구리 살이 찢겨 나가고 말았다.

"크아악!"

그가 단말마 비명에 쓰러지고 나자 마당에는 멀쩡하게 서 있는 자가 없었다.

스무 명 남짓한 해사방의 무리를 노인은 반 각도 되지 않는 시간에 휩쓸어 버린 것이다.

날카로운 눈초리로 마당을 한차례 휩쓸어보던 노인은 대문 입구에서 얼이 빠진 채 서 있는 두 사람에게 시선을 고정시켰다.

바로 마취삼과 방두철이었다.

"흥! 조무래기가 아직 남았군!"

노인이 바람처럼 날아가 마취삼을 낚아채려고 했다.

그 순간 마취삼이 털썩 무릎을 꿇고 큰절을 올렸다.

"아이고! 마두님! 살려주십시오! 저희는 이제 막 도착해서 뭐가 어떻게 된 건지 하나도 모릅니다! 그저 마두님이 시키는 대로 따르겠습니다요!"

"흥! 허구한 날 악행을 저지르다가 죽을 때가 되니 사리판단이 되는 모양이구나!"

"소인, 앞으로는 절대로 나쁜 짓을 하지 않겠습니다요!"

그러자 곁에 서 있던 방두철도 얼른 무릎을 꿇고 큰절을 올렸다.

"저도 마 형과 함께 개과천선해서 착하게 살겠습니다!"

"그럼 어디 네놈들 낯짝이나 다시 한 번 보자!"

노인이 마취삼과 방두철의 목덜미를 쥐고 번쩍 일으켰다.

그런데 순간 노인의 안색이 흠칫 떨렸다. 두 사람의 내기가 크게 뒤엉켜 있었던 것이다.

'어지간한 힘으로는 이렇게 만들 수 없었을 텐데… 부상을 입힌 자의 내공 수위가 몹시 두터웠으리라.'

"이제 보니 어디서 된통 얻어맞고 온 조무래기였군. 너희에게 훈계를 내린 자가 누구더냐?"

노인의 물음에 마취삼과 방두철이 우물거리며 대답을 하지 못했다. 대신 두 사람의 시선이 문밖에 서 있는 양진양에게 향했다.

노인이 둘의 시선을 좇다가 양진양을 보고는 눈살을 찌푸렸다.

"응? 네놈은 또 뭐냐? 어린 녀석이 벌써부터 못된 것만 배웠구나! 네놈은 왜 내게 큰절을 하지 않는 것이냐?"

노인이 마취삼과 방두철을 뿌리치고는 성큼성큼 걸어갔다. 양진양은 갑자기 질책의 화살이 자기에게 돌아오자 당황한 기색으로 주춤주춤 물러났다.

"아, 전… 전……."

"흥! 잘못을 인정하지 못하겠다면 이 어르신이 똑똑히 가르쳐 주지!"

노인이 다시 쏜살처럼 날아갔다.

그는 다짜고짜 일장을 내뻗었다. 진양이 해사방의 패거리라고 오해한 것이다.

진양은 깜짝 놀라서 물러났지만, 노인의 민첩한 손길을 미처 피할 수는 없었다. 결국 노인의 손바닥이 진양의 복부에 정확히 내다 꽂혔다.

펑!

그러나 그 순간 진양의 전신에 흩어져 있던 자양진기가 다시 본능적으로 운기되면서 또 한 번의 호체신공을 일으켰다. 그 바람에 노인이 발출한 장력은 고스란히 되돌아오고 말았다.

"헙!"

쏟아낸 진기가 되돌아오자 노인이 깜짝 놀라서 훌쩍 물러갔다.

다행히 그는 강호에서 알아주는 일류고수였다. 반탄되어 돌아온 장력을 순간적으로 풀어 부상을 면할 수가 있었다.

노인의 눈빛이 크게 흔들렸다.

'해사방에 이런 기재가 있었던가?'

아무리 봐도 나이는 약관도 지나지 않았을 소년이다. 한데 도무지 그 나이에 갖출 수 없는 내공을 소유하고 있지 않나!

"흥! 잔재주를 부릴 줄 아는구나!"

"아, 오해입니다. 저는……."

"시끄럽다! 네놈이 맨손으로 대적하니 노부 역시 적수공권(赤手空拳)으로 상대해 주마!"

노인이 도를 땅에 박아버리고는 다시 몸을 번쩍 날려 왔다. 순식간에 진양의 코앞에 다다른 그가 빛살처럼 일장을 뻗어 냈다.

진양은 당황한 와중에도 얼른 몸을 비틀어 피했다. 머리카락 한 올 차이로 허방을 내찌른 노인이 다시 왼손을 뻗었다.

"잠시만 제 말을……!"

쉬이익!

"잘못을 뉘우치지도 않는 녀석에게 들을 말은 없다!"

진양이 다시 허리를 굽혀 장풍을 피하며 다급하게 말을 이었다.

"어르신, 저는 아무런 잘못도……!"

"흥! 뻔뻔한지고!"

"정, 정말입니다! 우선 손에 사정을 두시고 말로……!"

진양은 연신 변명을 하면서 노인의 장, 권, 각을 피했다.

노인으로서는 시간이 흐를수록 그저 놀라울 뿐이었다.

'도대체 이 아이는 뭐지?'

분명 보법이나 움직임을 보면 무공을 배우지 않은 듯한데, 임기응변으로 자신의 모든 공격을 피하고 있지 않은가?

물론 그가 혼신의 힘을 다했다면 벌써 진양은 쓰러지고도 남았으리라.

하지만 공격도 하지 않고 피하기만 하는 소년을 상대로 죽자고 덤벼들기에는 자존심이 상할 일이었다.

결국 노인이 출수를 거두고 뒤로 훌쩍 물러났다.

가까스로 한숨 돌릴 수 있게 된 진양이 무릎을 짚고 심호흡을 했다.

"헉, 헉!"

노인이 진양을 물끄러미 보다가 한결 부드러워진 어투로 물었다.

"존사(尊師)가 어떻게 되시는가?"

갑작스러운 질문에 진양은 숨을 몰아쉬며 생각했다.

'존사라니… 글을 가르쳐 준 사부님을 물어보시는 걸까?'

하지만 딱히 사부님이라고 이야기할 만한 사람이 없었다. 그래서 진양은 호흡을 가다듬고는 천천히 말했다.

"저는 사부님이 안 계십니다."

"흠? 돌아가셨단 말이냐?"

"아뇨. 사부님을 정식으로 모셔본 적이 없습니다."

"뭣이?"

노인이 눈썹을 성큼 추켜올렸다.

"건방진! 감히 내 앞에서 거짓말을 해?"

진양이 황급히 손사래를 쳤다.

"그럴 리가요. 정말입니다."

"흥! 그럼 네가 무공 천재라도 된단 말이냐?"

"예? 무공이라뇨?"

진양이 어리둥절한 표정으로 되물었다.

지금껏 글을 가르쳐 주신 사부가 누구냐고 묻는 줄만 알았지, 무공을 가르쳐 준 사부를 묻는 것이라곤 전혀 짐작하지 못했던 것이다.

진양이 다시 머리를 조아리며 말했다.

"어르신, 뭔가 착각을 하신 것 같아요. 전 무공을 배운 적이 없거든요."

"뭐야? 지금 노부를 앞에 두고 말장난이라도 하겠다는 거냐?"

노인이 버럭 화를 내자, 진양은 답답한 마음만 더해갔다.

"정말입니다, 어르신. 왜 제가 무공을 익혔다고 생각하세요?"

"네놈이 정말 이 노부를 무시하는구나! 네놈이 무공을 익히지 않았던들 노부의 권각을 그리 피할 수 있을 것 같으냐? 아니면 노부의 실력이 그만큼 형편없다는 뜻이렷다?"

"그럴 리가요. 정말 그런 뜻이 아니에요. 전 정말 무공을 배운 적이 없어요. 모시는 사부님도 없구요."

노인이 물끄러미 진양을 바라보았다.

말투나 표정을 보아서는 거짓말을 하는 것 같지가 않았다.

하지만 무공을 배우지 않고 지금과 같은 몸놀림을 보인다는 것은 말이 안 됐다.

'아니지. 이 녀석이 움직일 때는 정말 무공을 하나도 할 줄 모르는 녀석 같았단 말이지. 보법도 엉망이었으니까. 참 알다가도 모르겠군.'

결국 노인은 화제를 돌렸다.

"그럼 무공도 할 줄 모르는 어린 녀석이 해사방에는 왜 들어온 것이냐?"

"전 해사방 사람이 아니에요."

"그럼?"

그제야 진양은 그동안 있었던 일을 차근차근 얘기해 주었다. 물론 천상련에서 도망쳐 나온 이야기는 생략했고, 마취삼과 방두철을 만난 순간부터만 전했다. 그리고 어려서부터 부모를 잃어 정처없이 떠돌이 인생을 살았다고 했다.

얘기를 들은 노인이 고개를 끄덕이고는 다가왔다.

"흠. 그런 사연이었군. 내 잠시 너를 오해했구나."

"괜찮습니다, 어르신. 그런데 왜 제가 무공을 익혔다고 생각하셨나요?"

"다시 한 번 묻겠다. 정말 네가 무공을 익히지 않았단 말이지?"

"네. 예전에 간단한 초식 두 가지를 배운 적이 있지만, 그게 전부예요."

"그럴 수가……."

노인은 고개를 설레설레 저으며 진양에게 다가와 손목을 낚아챘다. 그가 가만히 맥을 짚어보니 이게 웬일인가? 진양의 몸에서는 내공이 한 줌도 느껴지지 않는 것이 아닌가?

'이게 어떻게 된 거지?

그는 곰곰이 생각하다가 자신이 일장을 내쳤을 때 진양이 반탄을 일으켰던 순간이 기억났다. 그것만은 내공이 없는 사람이 할 수 없는 것이었다.

"거참 이상하군. 양 손바닥을 내밀어보겠느냐?"

"이렇게요?"

"그래. 그대로 있어라."

"네."

순간 노인이 기마자세를 취하더니 돌발적으로 양손을 내뻗었다.

"합!"

우렁찬 기합 소리와 함께 그의 두 손이 정확히 진양의 양 손바닥에 마주쳤다.

퍼엉!

그 순간 다시 진양의 몸에서 호체신공이 발동했다. 그 바람에 아까와 마찬가지로 노인의 손바닥을 통해서 쏟아부어진 장력이 고스란히 되돌아오고 말았다.

　노인은 이미 어느 정도 예상하고 있던 터라 그 장력을 가볍게 튕겨내며 뒤로 훅 날아올라서 물러갔다. 그러고 나서도 그는 서너 걸음을 더 물러간 후에야 가까스로 멈춰 설 수 있었다.

　이쯤 되자 진양 역시 자신의 몸이 범상치 않다는 것을 깨달았다.

　놀라기는 노인도 마찬가지였다.

　분명히 맥을 짚을 때만 해도 아무런 내기가 감지되지 않았는데, 공격을 받으니 자연스럽게 호체신공이 발동된 것이다.

　"별 희한한 경우를 다 보겠군."

　노인은 고개를 절레절레 내두르며 진양의 몸을 이리저리 살폈다.

　가만히 서 있는 진양을 이리저리 뱅글뱅글 돌아가며 구경하니, 진양은 그저 몸 둘 바를 몰라 어정쩡하게 서 있었다.

　그때였다.

　"끼야악!"

　고막을 찢을 듯한 날카로운 비명 소리가 사찰 안에서 들렸다.

　"응?"

　노인은 그제야 해사방 패거리와 싸우고 있었다는 사실을 상기해 냈다.

　그는 얼른 몸을 날려 마당 안으로 들어갔다.

진양도 그 뒤를 따라가 보니 해사방 패거리 중 한 명이 어디선가 여인을 끌고 나와 인질로 잡고 있었다.

"둔도백마(鈍刀白魔)! 우리를 가만히 두고 물러가라! 열 셀 동안 가지 않으면 이 여자를 죽여 버리겠다!"

그러자 둔도백마라고 불린 노인이 혀를 끌끌 찼다.

"내가 간다고 한들, 다시 돌아오지 않을 것 같으냐? 괜한 헛수고하기는."

노인이 저벅저벅 걸어가더니 바닥에 꽂힌 도를 뽑아 들었다.

해사방의 사내는 노인이 자신을 보이지 않는 것처럼 취급하자 더욱 초조해졌다. 그가 여인의 목에 칼을 바짝 들이밀고는 다시 위협했다.

"그, 그 칼 내려놔! 내려놓고 물러가란 말이야! 안 그러면… 안 그러면……!"

"안 그러면? 그 여자 죽일 게냐? 죽이려면 죽여라. 노부가 지금껏 살아오면서 얼마나 많은 자를 죽여왔는지 아느냐? 거기에 저 계집 하나 더 죽는다고 눈썹이나 까딱할까?"

"이익!"

그때였다.

쉐에에엑!

어느새 노인의 손을 떠난 둔도(鈍刀)가 바람을 가르며 빛살처럼 날아갔다.

푹!

"…끄억!"

여인을 인질로 잡고 소리치던 사내는 순식간에 이마에 도가 박힌 채 그대로 허물어지고 말았다. 사로잡혀 있던 여인이 비명을 내지르며 달려나갔다.

노인은 쓰러진 사내에게 터벅터벅 걸어가며 달아나는 여인을 물끄러미 보기만 했다.

"사람이 저렇게 이기적이라니까. 같이 갇혀 있던 사람들도 풀어주고 가면 좀 좋아?"

노인이 진담인지 농담인지 모를 소리를 하며 사내의 이마에 박힌 도를 뽑아 들었다. 그러고는 피가 뚝뚝 떨어지는 도를 들고는 마취삼과 방두철을 가리켰다.

"너희 둘."

"예, 예!"

마취삼과 방두철이 오들오들 떨며 대답했다.

"가서 여기 납치되어 있던 자들을 풀어주어라."

"알, 알겠습니다!"

얼굴이 새파랗게 질린 두 사람이 허겁지겁 건물을 돌아갔다.

양진양은 해사방의 소굴에 들어왔다가 뜻밖에도 의협심이 투철한 노인을 만나게 되자 절로 경외감이 우러나왔다.

"어르신은 정말 훌륭한 분이세요."

"이 나이에 어린놈한테 칭찬을 다 들어보는군."

그러면서도 노인은 기분이 나쁘진 않은지 입꼬리를 올렸다.

양진양은 더욱 공손한 자세로 다가가서 물었다.

"어르신의 존함이 어떻게 되시는지요?"

"노부는 임패각(林覇覺)이다. 다른 사람들은 둔도백마라고도 부르지."

둔도백마 임패각.

만약 양진양이 강호의 인물들을 어느 정도 알고 있었더라면 입을 딱 벌리고 말았으리라.

그는 사람들이 마교(魔敎)라고도 부르는 명교(明敎) 출신이었다. 수십 년 전까지만 해도 명교는 강호에서 대단한 활약을 했다. 명 태조인 홍무제가 바로 명교 출신임을 감안한다면 당시의 위세를 대충이나마 짐작할 수 있으리라.

하나 홍무제 주원장은 호유용 사건 이후로 명교도들을 대대적으로 주살해 왔다. 그 바람에 명교의 세력은 크게 쇠락해서 지금은 아예 교도들이 뿔뿔이 흩어져 총단도 남아 있지 않은 상태다.

그중에도 둔도백마 임패각은 명교가 낳은 걸출한 영웅이라 할 수 있었다.

한때 주원장을 도와 원나라 세력을 몰아냈던 그는 명나라가 세워지자마자 홀연히 명교를 떠났다. 그리고 무림에 은거

하면서 악한들을 찾아서 혼뜨검을 내주곤 했던 것이다.

그는 늘 이가 우둘투둘 빠진 녹슨 도를 들고 다녔는데, 그 바람에 둔도백마라는 별호가 붙었다.

양진양은 임패각의 영웅적인 면모를 보자 젊은 피가 끓는 듯했다. 그래서 얼른 큰절을 올리며 말했다.

"어르신! 저를 제자로 받아주세요!"

갑작스런 요구에 임패각이 이맛살을 잔뜩 구겼다.

"갑자기 무슨 소리냐?"

"어르신의 의협심에 깊이 감동했습니다. 어르신을 사부님으로 모시고 싶습니다. 제발 절 제자로 거두어주세요."

양진양이 간곡한 어조로 부탁했다.

진양은 천상련에서 지내게 되면서 강한 힘을 가진 자들을 흠모해 왔다. 그러다가 천상련에 이용당했다는 사실을 깨달은 후로는 자신의 나약함을 더욱 한탄하게 됐다.

그런데 오늘 이렇게 의협심이 충만한 영웅을 만나게 됐으니 어떻게 해서든 무공을 꼭 배우고 싶었다.

하지만 임패각은 한마디로 거절했다.

"일없다."

"어르신, 뭐든지 시키는 대로 할게요."

"일없대도!"

"역시… 제 재능이 부족해서 그런가요?"

양진양이 시무룩한 표정으로 묻자, 임패각은 기가 막힌 표정을 지었다.

재능이 없다니?

새파랗게 어린 나이에 자신도 깜짝 놀랄 만큼 심후한 내공을 소유하고 있으면서 재능이 없다니?

임패각이 코웃음을 치고는 물었다.

"도대체 누가 너한테 재능이 부족하다더냐?"

"누구랄 게 있겠어요? 절 보는 모든 사람이 그랬는걸요."

"흥! 누군지는 몰라도 삼류무인이 분명하겠군."

양진양은 고개를 갸웃거렸다.

아무리 생각해도 풍천익과 곽연이 삼류무인 같지는 않았다. 특히 풍천익은 화산파의 제자 두 명을 가볍게 무찌르지 않았던가?

그때 진양은 무슨 생각이 스쳤는지 활짝 웃으며 반문했다.

"어르신, 그럼 제가 재능이 있단 말인가요?"

"흥! 내가 가르쳐 보지 않았는데 어찌 안단 말이냐?"

"아……."

"아무튼 나는 제자를 키우지 않는다. 그러니 이 얘기는 그만하자."

임패각이 걸음을 돌리는데, 진양이 다시 그의 앞으로 쪼르르 돌아가서 무릎을 꿇었다.

"어르신! 제발 절 제자로 받아주세요!"

"어허! 내 말이 말 같지 않느냐? 나는 널 제자로 받지 않겠다니까!"

사실 임패각은 과거에 다섯 명의 제자를 둔 적이 있었다. 하지만 항몽 전쟁 중에 두 명의 제자를 잃었고, 다른 세 명의 제자는 명나라가 세워진 이후 그릇된 길로 빠져 악한 짓을 일삼다가 결국 정도 무인들에게 살해당하고 말았다.

그런 일이 있고 나서 임패각은 두 번 다시 제자를 두지 않았다. 힘이 있으면 군림하려고 하고, 군림하면 지배하려 들고, 지배하면 횡포를 부리는 것이 인간의 본성이라고 생각했다.

그는 제자들의 비참한 최후를 보면서 모든 악의 근원은 주제에 맞지 않는 힘에 있다고 여겼다. 그래서 그는 남은 평생 다시는 제자를 두지 않겠다고 마음먹었다.

그러니 진양이 아무리 애원해도 그의 마음은 바위처럼 꿈쩍도 하지 않았다.

그의 고집이 도저히 꺾이지 않을 것 같자 진양도 더는 말 못하고 한숨을 쉬며 일어났다.

임패각은 진양을 곁눈질로 흘깃 보았다.

'한데 저 녀석의 내력이 궁금하단 말이야. 한번 천천히 알아보는 것도 나쁘지는 않겠지.'

그는 양진양이 어쩌다가 그렇게 막강한 내공을 가지게 되었는지 몹시 궁금했다. 그래서 넌지시 진양을 돌아보고 물었다.

"어디 갈 곳은 있더냐?"

"아니요. 없어요."

"잘됐다. 그럼 날 따라다니며 시중이나 드는 것은 어떻겠느냐?"

양진양은 귀가 번쩍 뜨였다. 얼른 달려가서 임패각 앞에 큰 절을 올렸다.

"감사합니다, 사부님!"

"쯧! 넌 내 제자가 아니래도! 나는 그저 시종이 필요할 뿐이다. 나는 네게 무공을 가르칠 생각이 전혀 없다!"

"아…….."

진양의 표정에 실망감이 스쳤다.

하지만 진양은 곧 생각을 고쳤다. 어차피 갈 곳도 없는 바에야 이 노영웅을 따라다니면서 시중을 드는 것도 나쁘지 않을 거라 여겼다. 그러다가 혹시라도 임패각이 기분이 좋은 날이면 무공을 가르쳐 주겠다고 할지도 모를 일 아닌가.

"알겠습니다. 어르신을 모시겠습니다."

"그것참 잘됐군. 네 입으로 시종이 되겠다고 했으니 아무리 궂은일이라도 마다하지 말아야 할 것이다."

"예, 어르신."

그때 사찰 후원이 시끌시끌하더니 십여 명의 사람이 우르르 달려나왔다. 옷가지가 너덜너덜 떨어지고 전신이 상처투성이인 사람들이었다. 그들은 마당까지 달려나왔다가 바닥에 처참한 몰골로 쓰러진 해사방 패거리들을 보고는 흠칫 떨었다.

그러고는 한쪽 곁에 서 있는 임패각과 양진양을 보고 슬금슬금 눈치를 살폈다.

마침 사람들 뒤를 따라온 마취삼과 방두철이 얼른 소리쳤다.

"모두 돌아가셔도 좋습니다! 괜찮습니다!"

사람들 중에는 노인도 있었고 아녀자도 있었다. 물론 진양 또래의 소년도 있었다. 그들은 잔뜩 겁먹은 표정으로 눈치를 살피기만 할 뿐 이러지도 저러지도 못했다.

그러자 임패각이 버럭 성을 냈다.

"아, 풀어줬으면 얼른 집으로 돌아갈 것이지 뭘 멀뚱멀뚱 쳐다보고 있는 거야? 전부 확 다시 잡아넣을까?"

그가 내공을 가득 실어 소리치자 사찰 지붕의 기와가 다르르 떨었다. 그제야 혼비백산한 사람들이 걸음아 나 살려라 하고 도망치기 시작했다.

임패각은 곧장 마취삼과 방두철을 불렀다.

"밖에 나가서 동쪽 숲으로 가면 말 한 마리가 매여 있을 게다. 가서 끌고 오너라."

"예, 어르신."

마취삼과 방두철이 공손히 대답하고는 밖으로 나왔다.

그들이 동쪽 숲으로 조금 들어가자 과연 비루먹은 말 한 마리가 나무 기둥에 매여 있었다. 말은 어찌나 마르고 볼품없는지 보는 사람의 눈이 절로 찌푸려질 정도였다.

'저 노인이 무공 하나는 뛰어나지만 타고 다니는 말은 정말 볼품이 없구나.'

두 사람은 차마 속생각을 입 밖으로 내진 못하고 묵묵히 말에게 다가갔다.

그런데 이들이 줄을 풀고 고삐를 쥐자마자 말이 사납게 고개를 저으며 저항하기 시작했다. 게다가 어디서 그런 힘이 솟았는지 체격이 다부진 방두철조차도 힘을 가누지 못하고 이리저리 휘둘리다가 꽈당 넘어지고 말았다.

"어이쿠!"

방두철이 엉덩이를 쓰다듬으며 일어나자, 말이 '푸식!' 콧바람을 뱉었다. 그 소리가 마치 비웃는 듯하여 방두철은 못내 자존심이 상했다.

"이놈이!"

방두철이 다시 고삐를 쥐고 힘을 주었다.

하지만 이번에도 말은 한 발자국도 움직이지 않았다. 오히려 말이 뒤로 한 걸음 물러나자 방두철이 한 발 끌려가고 말았다.

상황이 여의치 않자 이번에는 마취삼이 얼른 달려들었다. 결국 두 사람이 고삐를 쥐고 비루먹은 말 한 마리를 끌고 가기 위해 안간힘을 쓰게 된 것이다.

하지만 아무리 기를 써도 말은 꿈쩍도 하지 않았다. 순간,

이히히힝!

말이 앞발을 치켜 올리며 울부짖자 두 사람은 동시에 줄을
놓치면서 벌러덩 넘어지고 말았다.

그제야 마취삼은 보통 말이 아니라는 것을 깨닫고 얼른 일
어났다.

"안 되겠네, 방 아우. 내가 그 영감님한테 다녀오지."

마취삼은 사찰 안으로 들어갔다.

그가 빈손으로 돌아오자 임패각이 버럭 성질을 부렸다.

"왜 혼자 오는 게냐?"

"죄송합니다, 어르신. 말이 워낙 범상치 않은 준마라 도저
히 저희로선 감당이 되지 않습니다."

"흥! 그깟 비루먹은 망아지가 무슨 준마라는 것이냐? 괜한
요령 부리지 말고 어서 끌고 오너라."

"어르신, 사정 좀 봐주십시오. 정말로 저희로선 너무 힘듭
니다."

"이런 쓸모없는 것들 같으니! 애야, 네가 가서 끌고 와보아
라."

"예? 제가요?"

양진양이 깜짝 놀라서 물었다.

"그럼 여기 너 말고 또 있느냐?"

"아, 네……."

진양이 순순히 대답하고는 걸음을 옮겼지만 내심 걱정이 가득했다.

'저 두 사람이 힘을 합쳐도 해내지 못한 걸 내가 어떻게 끌고 올 수 있을까? 영감님이 날 혼내시려고 일부러 시킨 걸까?'

사실 두 가지 초식으로 마취삼과 방두철을 쓰러뜨리긴 했지만, 단순한 힘을 겨룬다면 그들을 절대 이길 수 없을 게 당연했다. 한데 두 사람이 힘을 합쳐도 못한 일을 자신보고 하라니.

그래도 이미 시종이 되겠다고 약속한 이상 시늉이라도 해야 했다.

진양이 마취삼을 따라가자 과연 비루먹은 말 한 마리가 커다란 나무 아래에 서 있었다.

그 앞에는 방두철이 큰대자로 널브러진 채 거친 숨을 몰아쉬고 있었다.

아마도 마취삼이 다녀오는 동안 혼자서 말을 끌고 오려고 여러 번 시도를 한 모양이었다.

방두철은 진양을 보고는 옆으로 물러났다.

진양은 내심 이상한 생각이 들었다.

'이렇게 비쩍 마른 말이 무슨 힘이 있다고 저럴까?'

그래도 두 사람이 진심으로 힘들어하는 것을 보고는 방심하진 않았다. 조심스럽게 다가가서 고삐를 쥐고 당겨보았다.

과연 말은 꿈쩍도 하지 않았다.

그제야 진양도 말이 겉보기와 사뭇 다르다는 것을 깨달았다.

그때 말이 고개를 휙 젖혔다.

그 바람에 진양이 쥐고 있던 고삐가 휙 딸려갔다. 무의식중에 강한 힘을 받게 되자 진양의 체내에서 다시 호체신공이 발동했다.

무의식중에 내기가 발출되자 저항하던 말은 오히려 그 충격에 두어 걸음 이끌려 오고 말았다.

마취삼과 방두철이 두 눈을 휘둥그레 떴다.

한 발자국도 움직이지 않던 말이 드디어 두어 걸음 앞으로 내디딘 것이다.

진양도 어떻게 된 영문인지 알 수가 없었다.

다만 저항하려고 하기에 고삐를 조금 더 꼭 쥐고 있었던 것뿐인데, 오히려 말이 끌려오니 반갑기만 할 뿐이었다.

진양은 다시 고삐를 당겨보았다.

한데 이번에도 말은 꼼짝도 하지 않았다.

진양의 몸속에는 심후한 내공이 잠재되어 있었지만, 그것을 적기에 사용하는 방법을 전혀 모르고 있었다. 때문에 그저 뚝심으로만 고삐를 당기니 말이 움직이지 않은 것이다.

이번에는 말도 끌려가기 싫었는지 앞발을 높이 추켜올리

며 고개를 휘저었다.

이히히힝—!

순간 진양의 몸이 고삐를 따라 허공으로 솟았다. 그 순간 또 호체신공이 발출됐다.

진양이 얼른 바닥에 내려서면서 고삐를 잡아당기니, 이번에도 말이 두어 걸음을 따라오고 말았다.

"오오!"

마취삼과 방두철이 진심으로 놀라 탄성을 흘렸다.

하지만 그 모양새가 자못 우스웠다.

그냥 끌어당기면 한 발자국도 움직이지 않는 말이 저항할 때마다 오히려 두어 걸음씩 끌려오니 영 자연스러운 움직임이 아니었다.

그러나 두어 번 저항을 거듭하던 말도 도저히 이겨낼 수 없다고 판단했는지 이내 진양이 이끄는 대로 걸음을 옮기기 시작했다.

이렇게 되자 진양은 다시 이상한 생각이 들었다.

'말이 좀 성질이 사납긴 하지만 그렇게 힘이 세다는 건 모르겠는데? 왜 이 말을 못 끌고 온 걸까?'

자신이 무의식중에 내공을 운기했다는 사실을 까마득하게 모르는 진양으로서는 그저 지금의 상황이 의아할 뿐이었다.

양진양이 말을 끌고 사찰 안으로 들어가자, 임패각이 놀란 표정을 지었다.

하나 순식간에 그 표정이 지워졌기 때문에 아무도 눈치채
진 못했다.

'저 어린 녀석이 정말 끌고 왔군.'

임패각은 놀란 기색을 보이지 않은 채 퉁명스레 말했다.

"흥! 꼬마 녀석도 끌고 오는 것을 다 큰 장정이 쩔쩔매고 있
었더냐?"

"죄, 죄송합니다."

마취삼과 방두철이 연방 고개를 숙였다.

그때 갑자기 말이 앞발을 높이 치켜들고는 울부짖었다.

이히히힝—!

그러고는 마당으로 쌩하니 달려가 쓰러진 사람들 사이를
마구 누볐다.

양진양이 깜짝 놀라서 보니, 말이 바닥에 흥건한 피를 핥아
먹고 있는 것이 아닌가.

"앗! 그건 안 돼!"

진양이 소리치며 달려가는데, 임패각이 불쑥 말했다.

"놔둬라. 간만에 포식 좀 하라고 해."

"포, 포식이라니요? 저건 피잖아요! 말이 지금 피를 핥아
먹고 있어요, 어르신!"

"이 녀석아! 나도 눈이 달려 있다! 누가 그걸 모르냐?"

"그, 그런데 왜……."

그때 멍하니 서 있던 마취삼에게 한 가지 생각이 스쳤다. 그가 손가락으로 말을 가리키며 소리쳤다.

"그, 그럼 저게 설마… 흡혈마(吸血馬)!"

그 소리에 진양이 고개를 갸웃거리고 물었다.

"흡혈마라니요?"

"둔도백마를 말한다면 당연히 연상되는 게 있지. 피를 먹고사는 흡혈마."

"피를 먹고산다고요? 말이?"

마취삼이 고개를 끄덕였다. 말이 어째서 그렇게 강한 힘을 지녔는지 이제야 이해할 수 있었다.

강호에 떠도는 소문에 의하면 흡혈마는 하루에 천 리를 쉬지 않고 달릴 수 있는 명마 중의 명마다. 흡혈마는 전대 명교 교주가 둔도백마에게 선물한 것으로 알려져 있었다. 그래서 둔도백마를 떠올리면 자연 흡혈마가 연상되게 마련이었다.

그런데 그걸 이제야 눈치채다니.

하긴 영물이라고도 일컬어지는 그 준마가 저렇게 비루먹은 모습을 하고 있을 줄이야 누가 알았으랴.

이렇게 되자 진양도 더 이상은 나서지 못했다.

강호에는 다양한 영물이 존재한다는 것을 책을 통해서나마 본 적이 있었다. 피를 핥아 먹는 모습이 영 적응되지 않았지만, 그게 본모습이라니 어쩌겠나.

임패각이 마취삼과 방두철을 불렀다.

"오늘 너희 두 놈은 나를 보자마자 잘못을 빌었으니 특별히 내 손을 쓰지 않았다. 앞으로는 마음을 고쳐먹고 올바른 길을 가도록 해라. 만약 그러지 않는다면 반드시 네놈들을 다시 찾아내서 목숨을 끊어줄 게다."

"명, 명심하겠습니다!"

마취삼과 방두철은 연신 머리를 조아렸다.

"알았으면 썩 물러가라."

"감, 감사합니다, 어르신! 이 은혜, 죽어서도 잊지 않겠습니다요!"

두 사람은 연방 허리를 숙여 절을 하며 물러갔다. 그러고는 해사방의 문을 나서자마자 조금 전 풀려났던 사람들처럼 쏜살같이 사라졌다.

양진양이 걱정스런 표정으로 물었다.

"저 정도로 정말 괜찮을까요?"

"흥! 제까짓 것들이 또 잘못을 저지른다면 목숨을 내놓은 게지. 그때는 이 둔도가 가만두지 않을 게야."

임패각이 자신만만한 목소리로 말했다.

사실 그는 조금 전 두 사람에게 말을 건네면서 파혼대법(破魂大法)을 사용했다. 파혼대법은 임패각이 창안한 술법 중 하나로, 상대방의 뇌리에 살기를 각인시키는 방법이다. 일종의 섭혼술(攝魂術)이라고 볼 수도 있겠으나 상대를 마음대로 조종하는 것이 아닌, 생각의 제약만을 걸어두는 것이기에 보다 간단한 방법이라고 할 수 있었다.

앞으로 마취삼과 방두철은 악행을 저지르려고 할 때마다 조금 전 임패각이 각인시켰던 살기를 떠올리곤 공포에 떨게 될 것이다.

한참이 지나자 실컷 피를 핥아 먹은 말이 임패각 앞으로 터벅터벅 걸어왔다.

임패각은 흡혈마의 갈기를 쓰다듬으며 친근한 목소리로 말했다.

"실컷 먹었냐?"

푸르릉.

"옳지. 그럼 가자꾸나. 네가 이 녀석을 끌도록 해라."

"예, 어르신."

임패각이 말 등에 올라타자 진양이 고삐를 잡고 끌기 시작했다.

第七章
십지독녀(十指毒女)

　양진양과 임패각은 해사방의 근거지를 벗어난 후로 줄곧 숲길을 따라 걸었다. 그날 저녁 두 사람은 숲에서 노숙을 했다.

　다음날 일찍 양진양은 임패각이 가라는 대로 걸음을 옮겼다. 한참을 걷다 보니 진양은 목적지가 궁금해졌다.

　"저기, 어르신."

　"뭐냐?"

　"우리는 지금 어디로 가는 건지요?"

　"알아서 뭐하려고? 알면 더 빨리 갈 방법이라도 있다더냐?"

"그게 아니라… 그냥 궁금해서요."

"시끄럽다. 시종 주제에 궁금한 게 뭐가 그리 많아? 그냥 가라는 대로 가면 되는 것이지."

시종일관 퉁명스런 대꾸에 양진양은 입술을 비죽 내밀었다.

하지만 성정이 불같은 임패각을 상대로 기 싸움을 벌일 수는 없는 노릇. 그저 묵묵히 걸음을 옮기고 있는데 눈앞에 제법 널찍한 관도가 나타났다. 계속 불편한 숲길을 걷던 진양으로서는 넓게 다듬어진 길이 반가울 따름이었다.

그때 임패각이 돌연 말에서 뛰어내리더니 숲 한쪽으로 들어갔다.

"어? 어르신?"

하지만 임패각은 대답 대신 양 무릎을 짚고 격하게 토악질을 해댔다.

"웨에엑!"

양진양이 깜짝 놀라서 보니 임패각의 입에서 시뻘건 피가 쏟아져 나오고 있었다.

"어르신! 괜찮으세요?"

진양이 얼른 달려가려는데, 임패각이 손을 들어 올리고 소리쳤다.

"오지 마!"

"하, 하지만 어르신……!"

"오지 말라고 하지 않았느냐! 죽고 싶은 게냐?"

임패각이 다시 호통을 치자, 진양도 더는 가까이 가지 못하고 안절부절못했다.

진양이 한참을 서성이고 있는데, 임패각이 가까스로 토악질을 멈추고는 길가로 나왔다.

진양이 부축하려고 했지만 그는 그마저도 거부했다.

"내 곁에서 떨어져 있거라."

"제가 도와드릴게요."

"시끄럽다. 살고 싶으면 떨어져 있어라."

"…예."

진양이 시무룩한 표정으로 물러났다.

그러다가 문득 한 가지 생각이 뇌리를 스치고 지나갔다.

'아, 혹시 어르신이 독에 당하신 것이 아닐까? 그래서 나보고 가까이 오지 말라고 하신 걸지도 모른다. 흡혈마도 피를 보고 오히려 뒷걸음질을 쳤잖아.'

생각이 여기에 미치자 진양은 걱정스런 표정으로 물었다.

"혹시 독공에 당하셨나요?"

"머리를 장식으로 달고 있는 건 아닌 모양이구나."

"그럼 얼른 해사방으로 돌아가요."

진양은 그가 해사방에서 독공을 당했을 것이라고 짐작했

다. 그래서 해사방에 가면 해독약도 구할 수 있으리라 여긴 것이다.

하지만 임패각이 코웃음을 쳤다.

"흥! 해사방 따위가 천하의 십지독공(十指毒功)의 해독약을 가지고 있겠느냐?"

진양은 십지독공이 뭔지 몰랐다.

다만 임패각의 말로 미루어 천하의 맹독임을 추측할 뿐이었다.

진양이 안타까운 표정으로 물었다.

"그럼 어떡해요?"

"어떡하긴 뭘 어떡해? 조용히 죽을 자리나 찾아봐야지."

"안 돼요. 십지독공을 사용한 사람에게 가서 해독약을 구해봐요."

"웃긴 소리! 해독약을 줄 것 같았으면 날 공격했겠느냐? 죽을 자리를 더 빨리 찾아가라는 소리와 똑같다!"

"그래도 이대로는……."

"거, 시끄럽구나! 나는 이제 운기를 해야겠으니 말이나 잘 끌고 가거라!"

임패각이 사납게 호통을 치니 진양도 더 이상 말을 붙이지 못하고 몸을 돌렸다.

진양이 말을 이끄는 동안, 임패각은 말 등에 앉은 채로 눈을 지그시 감고 운기에 집중했다.

두 사람이 관도에 들어서고 나서 조금 더 나아가자 작은 마을이 나타났다.

임패각이 눈을 떴다.

"흠. 객점에 들러 배 좀 채우도록 하지."

두 사람은 마을 어귀에 있는 객점으로 들어갔다.

이층에 자리를 잡은 임패각은 점소이에게 근처에 빈 사당이나 관제묘가 없는지 물었다. 점소이는 동쪽으로 오 리 정도 가면 낡은 사당이 한 채 있다고 알려주었다.

임패각이 음식을 주문하고 나자, 진양이 고개를 갸웃거리며 물었다.

"어르신, 지금 우리는 사당에 가는 건가요?"

"거길 뭣하러 가느냐?"

"그런데 왜 점소이에게 사당이나 관제묘가 어디에 있는지 물어보셨어요?"

"혹시 뜻하지 않게 네놈과 떨어지게 되면 만날 곳을 정해야 할 일이 아니냐?"

진양은 고개를 끄덕이면서도 내심 의구심이 들었다.

어차피 앞으로 줄곧 함께 움직일 것인데 떨어질 일이 뭐가 있겠는가?

잠시 후 주문한 음식이 나왔다.

임패각은 즉석에서 음식 값을 지불하고는 식사를 시작했다. 진양은 앉은 자리에서 바로 음식 값을 주는 것이 생소했지만, 오히려 그렇기에 더욱 마음 놓고 먹을 수가 있었다.

오랜만에 제대로 된 식사로 포만감을 느낀 진양은 마냥 행복했다.

그때 임패각이 자리에서 일어났다.

"내가 잠시 볼일을 보고 올 테니 기다리고 있거라."

양진양은 그가 일층으로 내려가는 것을 보고도 아무런 의심 없이 기다렸다. 이미 음식 값을 모두 계산한 후였으니 불안할 것도 없었다.

한데 자리를 비운 지 한 식경이 다 지나도록 임패각은 나타나지 않았다.

진양은 슬슬 불길한 생각이 들었다.

'혹시 무슨 문제라도 생긴 걸까? 아니면 혹시 또 독이 발작한 걸까?'

한 번 걱정되기 시작하자 불안한 마음은 걷잡을 수 없이 번져 갔다.

그때 계단에서 발걸음 소리가 들렸다.

진양이 반색하며 벌떡 일어났다.

한데 이층으로 올라온 사람은 처음 보는 여인 두 명이었다. 그들은 날카로운 눈초리로 진양을 힐끗 보더니 구석진 자리로 가서 앉았다.

진양은 상대가 임패각이 아니라 내심 실망하면서도 한동 안 그들에게서 눈을 떼지 못했다.

두 여인의 외모가 그야말로 경국지색(傾國之色)이라 할 만 큼 아름다웠다.

여인 중 한 명은 성숙미를 물씬 풍겼고, 다른 한 명은 진양 의 또래 정도로 앳되어 보이는 소녀였다. 성숙한 여인은 손에 하얀 쥘부채를 들고 있었고, 소녀는 허리춤에 긴 장검을 차고 있었다.

특히 여인의 어깨에는 다양한 색깔의 깃털을 가진 새가 얌 전히 앉아 있었다. 한데 보통 팔색조(八色鳥)는 몸이 작고 통 통한 데 반해 이 새는 몸이 얇실하고 붉은 꼬리 깃털이 한 자 정도로 유난히 길었다.

'참 예쁜 새다.'

진양은 감탄하면서도 내심 허탈한 마음에 털썩 자리에 앉 았다.

다시 한 식경이 지났다.

하지만 여전히 임패각은 나타날 생각을 하지 않았다.

이쯤 되자 진양은 걱정스런 마음에 도무지 가만히 앉아 있 을 수가 없었다. 자리에서 막 일어나려는데, 구석에서 차를 마시던 그 아름다운 소녀가 이쪽으로 걸어왔다.

소녀가 날카로운 어투로 물었다.

"이봐, 여기 함께 있던 사람이 누구지?"

소녀는 빈자리를 가리키고 있었다.

임패각이 있던 자리에는 아직도 빈 밥그릇과 수저가 놓여 있었다.

진양은 소녀의 아리따운 외모에 내심 가슴이 두근거렸지만, 느닷없는 차가운 말투에 기분이 상했다. 그래서 자신도 예를 갖추지 않고 되물었다.

"그걸 왜 물어보는데?"

"묻는 말에 대답만 해!"

"싫어. 내가 묻는 말에 먼저 대답해."

소녀는 진양이 뜻밖에도 당차게 나오자 어이가 없다는 표정이었다.

아무리 세상물정에 어두운 진양이지만, 소녀가 무림의 인물이라는 것은 한눈에 알 수 있었다.

하지만 지금까지 몇 번이나 죽을 위기를 넘겼던지라 진양은 딱히 두려운 마음이 들지 않았다.

소녀가 시선을 돌려 구석진 자리의 여인을 바라보았다. 여인이 보일 듯 말 듯 고개를 끄덕이자 소녀가 허리춤의 장검을 뽑아 들었다.

"죽고 싶지 않으면 말하는 게 좋을걸."

"흥! 하나도 무섭지 않아!"

"뭐야? 이 바보 같은 게!"

소녀가 검을 휘두르더니 탁자 모서리를 단칼에 베어냈다. 진양은 탁자 모서리가 순식간에 잘려 나가는 것을 보자 덜컥 겁이 나기 시작했다.

소녀도 진양의 안색을 살피고는 득의양양한 미소를 지었다.

"자, 어서 말하는 게 좋을 거야. 같이 있던 사람이 꼽추 영감이 맞지? 그 노인 지금 어딨어?"

진양은 소녀가 임패각을 알고 있자 내심 놀랐다.

"어르신을 알고 있어?"

"당연히 알지."

"어르신을 왜 찾는 건데?"

"우리 사부님이 그분의 목숨을 원하시니까! 자, 이제 알았으면 순순히 대꾸해! 그렇지 않으면 네 목숨은 내가 가져갈 거야!"

소녀가 다시 윽박지르자 진양은 어쩐 일인지 더욱 오기가 치솟았다.

"그렇다면 더더욱 가르쳐 줄 수 없지. 어르신은 좋은 분이니까."

"아무래도 혼이 나야 정신을 차리겠구나!"

소녀가 다짜고짜 검을 휘두르며 진양의 어깨를 베어왔다.

순간 진양이 화들짝 놀라서 얼른 물러났다.

하지만 앉은 채로 뒤로 물러나다 보니 의자째 꽈당 넘어지고 말았다. 진양의 어깨를 아슬아슬하게 스쳐 지나간 검이 의자 밑동을 싹둑 베어버렸다.

"칫!"

소녀가 혀를 차더니 다시 검을 내리찍었다. 역시 이번에도 진양의 어깨를 노린 공격이었다.

처음부터 소녀는 진양을 죽일 생각이 없었다. 다만 팔 하나쯤 베어내면 바른 소리를 하겠다 싶어 검을 휘두른 것이다.

한데 진양이 이번에도 옆으로 데구루루 구르더니 검날을 기가 막히게 피해내는 것이 아닌가.

소녀로서는 놀랍기도 하고 화가 나기도 했다.

보아하니 무공을 배우지도 못한 것 같은데, 어떻게 자신의 검을 요리조리 잘도 피할 수 있단 말인가?

하지만 지금도 진양의 몸속에는 자양진기가 발동하고 있었으니, 이 사실을 아는 사람은 아무도 없었다. 내공이 상승하면 자연히 움직임이 민첩하고 빨라지게 마련이다.

진양이 자리에서 벌떡 일어나서 소리쳤다.

"이게 무슨 짓이야?"

"그러니까 어서 말해!"

"싫어!"

"그럼 혼나야지!"

소녀가 다시 검을 휘두르며 달려들었다.

그 움직임이 어찌나 빠른지 이번만큼은 피할 수가 없을 것 같았다.

진양은 엉겁결에 탁자에 있는 나무젓가락을 들어 올렸다.

깡!

나무젓가락과 검이 부딪쳤는데 청명한 금속성이 울렸다. 순간 소녀는 가벼운 내상을 입고 뒤로 주춤 물러났다. 소녀의 두 눈동자에 놀라움이 가득했다.

"너, 무공을 익혔구나?"

"무슨 소리야? 난 무공을 익히지 않았어!"

"거짓말쟁이!"

소녀가 다시 한 번 검을 휘두르며 달려들었다.

진양은 얼른 목을 움츠리며 검을 피했다.

진양으로서도 나무젓가락으로 검을 막아냈다는 것이 내심 놀라울 따름이었다.

하지만 아무리 생각해도 무공을 익힌 적이 없으니, 스스로 생각해도 이해할 수 없는 노릇이었다. 그저 나무젓가락이 신기할 정도로 단단하다고 생각하기에는 아무래도 무리가 있지 않나.

'이게 어떻게 된 걸까? 나도 모르는 사이에 내 몸에 뭔가 변화가 생긴 걸까?'

하지만 진양에게 차분히 생각해 볼 시간은 일절 주어지지 않았다.

소녀는 매섭게 진양을 몰아붙였다. 이윽고 구석진 곳으로 밀어 넣은 다음 소녀가 일장을 내뻗었다.

마땅히 피할 곳이 없어진 진양이 왼손을 뻗어 마주쳐 갔다. 그 순간 어김없이 진양의 몸에서 자양진기가 격발했다.

퍼엉!

폭음이 터지면서 소녀가 뒤로 주룩 밀려갔다.

"이러고도 무공을 익히지 않았다고?"

소녀가 표독스럽게 쏘아붙이자 진양도 코웃음으로 응대했다.

"네가 약하고 둔한 걸 가지고 왜 나를 거짓말쟁이로 만들어?"

"뭐야?"

소녀는 수치심과 분노로 얼굴이 발갛게 달아올랐다.

지금껏 자신에게 약하고 둔하다는 말을 한 사람을 본 적이 없다. 오히려 주위에서는 어린 나이에 매서운 무공을 익혔다며 칭찬을 아끼지 않았다.

한데 약하고 둔하다니!

그것도 자신과 비슷한 나이의 남자아이에게 그런 말을 듣다니!

한편 진양은 수차례 소녀의 공격을 피해내고 반격까지 성공하자 은근히 자신감이 붙었다.

'이 아이가 무공을 익혔다지만 별로 강하진 않구나. 어쩌면 내가 이 아이를 이길 수 있을지도 모르겠다.'

생각을 정리한 진양이 얼른 달려가 양손을 뻗었다. 소녀를 밀어서 넘어뜨릴 생각이었다.

그 순간 소녀가 보법을 밟으며 진양의 손길을 가볍게 피해냈다. 진양이 휘청거리는 틈을 타서 소녀는 다시 검을 내려쳤다. 찰나지간 진양이 몸을 휙 돌리며 나무젓가락을 후렸다.

까앙!

또 한 번 금속성이 울리면서 소녀가 주춤 물러났다. 진양은 그 순간을 놓치지 않고 주먹을 곧게 내찔렀다.

바로 질풍권이었다.

소녀가 얼른 왼손을 휘둘러 장으로 맞섰다.

터엉!

내기가 충돌하면서 소녀의 몸이 휘청 흔들렸다.

하지만 현존하는 최고의 내가 무공을 익힌 진양은 꿈쩍도 하지 않았다.

대신 다시 한 번 빠르게 주먹을 내찔렀다.

그 순간 눈앞이 번쩍하더니 어느새 다가온 여인이 진양의 손목을 낚아채며 휙 뿌리쳤다.

매우 유연하면서도 은근한 손길이었기에 진양의 호체신공이 발동될 여유조차 없었다. 진양이 주춤주춤 물러나자 여인은 귀신처럼 소리없이 다가와 접은 부채를 목 끝에 겨누었다.

"장난은 그만 치거라."

옥구슬이 은쟁반 위를 구르는 듯 아름다운 목소리가 흘러나왔다.

하지만 쥘부채 끝에는 짙은 살기가 맺혀 있어 진양은 다리를 오들오들 떨며 고개를 끄덕였다.

"알, 알겠어요."

여인은 부채를 거두고 활짝 펼치더니 천천히 부채질을 했다. 하늘거리는 머리카락이 바람결에 휘날리니 그야말로 하늘에서 내려온 선녀 같은 모습이었다.

"네 이름이 무엇이냐?"

"양… 진양이에요."

"나는 매지향(梅指向)이라고 한다. 이 아이는 내 제자 소담화(蘇潭化)라고 하지. 우리는 둔도백마를 찾고 있다. 그가 지금 어디에 있는지 알고 있나?"

진양은 아무런 말도 못하고 우물거렸다.

매지향의 목소리는 무척 나긋나긋했지만, 어딘지 저항할

수 없는 힘이 담겨 있는 듯했다.

매지향이 지그시 바라보는 가운데 진양이 가까스로 입을 열었다.

"저도… 몰라요."

매지향의 눈빛이 차가워졌다.

그녀가 얼음처럼 차갑고도 투명한 목소리로 물었다.

"사람들이 나를 뭐라고 부르는지 아느냐?"

"몰라요."

"십지독녀(十指毒女)라고 부르지."

순간 진양의 눈빛이 흔들렸다.

임패각이 뭐라고 했던가, 자신이 십지독공에 당했다고 하지 않았나?

아무리 무공에 무지한 진양이었지만, 십지독공이 십지독녀의 무공이라는 것쯤은 충분히 짐작할 수 있었다.

'이 여자가 어르신을 다치게 한 것이구나!'

그러자 반발심이 솟은 진양이 다부진 목소리로 말했다.

"그런데요? 전 아무것도 몰라요. 안다고 해도 가르쳐 드릴 수 없어요."

매지향이 고운 이마를 슬쩍 찌푸렸다.

"어째서 그를 감싸는 거지?"

"제가 그분을 모시기로 했으니까요. 그런 이상 도의를 저

버릴 수는 없죠. 하지만 모르는 건 정말이에요."

매지향은 진양의 말을 듣고 둔도백마가 제자로 거두기로 했다는 뜻인 줄로 오해했다.

그녀가 깔깔거리며 웃었다.

"네가 속은 것이다."

"속았다뇨?"

"둔도백마는 일평생 제자를 두지 않기로 맹세한 자야. 그런 자가 널 거두었다고? 어림없는 소리지. 네가 너무 매달려서 제자로 거두겠다고 속인 거겠지."

"그게 아니⋯⋯!"

발끈해서 대답하던 진양은 퍼뜩 스치는 생각에 입을 다물고 말았다.

지금 이 자리에서 그런 사정을 시시콜콜 이야기한들 무슨 소용인가?

오히려 이 오해를 잘 이용하면 살아날 방법이 있을 것 같았다.

매지향이 진양의 안색을 살피며 부드러운 어조로 물었다.

"자, 우리는 너에게 아무런 감정이 없다. 둔도백마가 어디로 갔는지 알면 얘기만 해."

"그분이 저를 속일 리가 없어요."

"그가 자리를 떠난 지 벌써 반 시진이 넘었지? 그런데 아직도 돌아오지 않는다는 건 널 버려두고 간 거야."

양진양은 이제 슬슬 연기를 해야겠다고 생각했다.

그래서 일부러 코를 훌쩍이며 눈물이 그렁그렁한 채 매지향을 올려다보았다. 지금껏 겪은 서러웠던 일을 떠올리자 감정은 금방 우러나왔다.

"정말… 그분이 저를 속인 걸까요?"

"아직도 내 말을 못 믿겠느냐? 그자는 평생 아무도 제자로 두지 않는다고 한 사람이야. 너에게도 그런 말을 하지 않더냐?"

"…했어요."

"그것 보렴. 자, 이제 말해줄 수 있겠지? 널 속인 자를 위해서 네가 목숨을 버릴 이유는 없지 않겠느냐? 그자가 어디로 간다고 했느냐?"

"장소는 저도 몰라요. 그냥 서쪽으로 갈 거라고 했어요."

양진양이 눈물까지 뚝뚝 흘리며 대꾸하자, 매지향은 그 말을 철석같이 믿는 듯했다. 그녀가 회심의 미소를 지으며 걸음을 돌렸다.

"참 아까 보니 네 재주가 비상하던데 존사가 누구시냐?"

"전 사부님이 없어요."

매지향은 진양이 사문을 밝히기 싫어하는 거라고 생각하곤 더는 물어보지 않았다. 그녀로서는 우연히 만난 진양이 어느 사문의 제자이든 아무런 관심이 없었다.

그녀가 소담화를 돌아보았다.

"가자, 화아."

"네, 사부님."

소담화는 걸음을 떼기 전에 진양의 얼굴을 매섭게 쏘아보았다.

진양도 그 눈길을 느끼고는 콧방귀를 뀌며 시선을 외면했다.

소담화는 더욱 화가 났지만, 괜히 이 거지 같은 소년과 옥신각신거리다가 사부님께 혼날까 봐 이내 걸음을 옮겼다.

진양은 두 사람이 객점을 나가서 서쪽으로 달려가는 것을 이층에서 내려다보았다. 그들이 시야에서 완전히 사라지고 나서도 일각 정도를 더 기다린 진양은 마침내 자리에서 일어났다.

'어르신께서는 만약 우리가 떨어져 있게 되면 만날 장소로 사당을 지목하셨어. 그곳으로 가면 만날 수 있을지도 몰라. 아마 어르신은 저 두 사람이 올 것을 알고 미리 피하신 걸 거야.'

객점을 나온 진양은 재빨리 동쪽으로 달렸다.

마을을 벗어나서 동쪽 언덕을 올라서자 저 아래에 낡은 사당 하나가 보였다.

진양은 다 쓰러져 가는 사당 문을 열고 안으로 들어섰다.

하지만 묵은 먼지만 자욱할 뿐 인기척이라곤 전혀 느껴지지 않았다.

진양이 사당 안을 샅샅이 뒤져 보았지만 역시 아무도 발견되지 않았다.

"어르신! 임 어르신!"

소리쳐 불렀지만 대답은 들려오지 않았다.

이쯤 되자 진양은 어쩌면 정말 자신이 버림받은 것일지도 모르겠다는 생각이 들었다. 갑자기 서러운 마음에 눈시울이 붉어졌다.

'아, 정말 혼자만 떠나셨구나!'

진양은 밀려드는 허탈감을 이기지 못해 바닥에 털썩 주저앉았다. 감정이 한번 복받치니 눈물이 절로 주르륵 흘렀다. 이윽고 진양은 소리 내어 울기 시작했다.

그렇게 반 시진을 넘게 흐느끼고 나자 어느 정도 마음이 진정됐다. 진양은 다시 독하게 마음을 먹고 자리에서 일어났다.

하지만 막상 또 일어나니 당장 어디로 걸음을 내디뎌야 할지 갈피가 잡히지 않았다.

진양이 길게 한숨을 쉬고는 사당을 나오는데, 마침 지붕 위에서 카랑카랑한 목소리가 들렸다.

"땅 꺼지겠구나! 웬 한숨을 그리 쉬느냐?"

"어르신!"

진양이 반색하며 소리쳤다.

지붕 위에 앉아 있던 임패각이 훌쩍 몸을 날려 뛰어내렸다. 그가 휘파람을 불자 숲 속에서 흡혈마가 타박타박 걸어나왔다.

"흠. 용케도 신의를 지켰군."

"어르신은 알고 계셨지요, 그들이 쫓아올 것이라는 걸요?"

"물론이지. 십지독녀는 오래전부터 내 꽁무니를 쫓아다녔으니까."

"너무해요. 미리 말씀해 주셨더라면 저도 놀라지 않았을 텐데."

"흥! 미리 말해주면 네놈의 인성을 내가 어찌 시험해 볼 수가 있겠느냐? 그래도 네놈이 혼자 나타났으니 내 너를 믿고 시종으로 삼는 것이다."

"그럼 왜 이제야 나타나신 거예요?"

"네놈이야 모르겠지만 그 악녀가 네놈을 반 시진 가까이 지켜보다가 돌아갔다. 곧장 서쪽으로 가더구나. 대체 뭐라고 말을 했던 게냐?"

진양은 내심 깜짝 놀랐다. 분명히 주위를 잘 살펴가며 혼자만 냉큼 달려왔는데 어느 틈에 미행을 당했단 말인가?

진양이 그동안에 있었던 일을 설명해 주었다.

임패각이 고개를 끄덕이고는 말 등에 올랐다.

"잘했다. 하지만 그 악녀가 네 거짓말을 눈치채는 것은 시간문제일 게다. 오늘 밤은 쉬지 않고 가도록 하자꾸나."

"네."

두 사람은 다시 동쪽으로 가기 시작했다.

다음날 이른 아침 직례 지역으로 들어간 임패각과 양진양은 부양현(阜陽縣)에 이르러서 말 한 필을 더 사들였다. 그러고는 사흘 밤낮을 쉬지 않고 동남쪽으로만 달려갔다.

강행군을 한 탓인지 임패각의 안색은 점점 나빠지고 있었다.

이윽고 경정산(敬亭山)에 다다른 두 사람은 숲길을 오르기 시작했다. 한데 경사가 점차 급해지고 길이 험난해지자 진양의 말이 제대로 따라오질 못했다.

결국 진양은 말을 숲에 풀어주고 두 사람은 흡혈마만 데리고 산길을 올랐다.

길도 없는 숲 속을 가지를 쳐가며 나아가기도 하고, 절벽을 바로 옆에 두고 비좁은 샛길을 아슬아슬하게 지나기도 했다. 그럼에도 흡혈마는 조금도 지친 기색을 보이지 않고 묵묵히 따라왔다.

이윽고 두 사람이 다다른 곳은 어느 동굴이었다.

동굴은 깎아지른 절벽 중턱쯤에 위치해 있었는데, 이곳에 다다르기 위해서는 낭떠러지를 옆에 끼고 샛길을 한참이나 올라가야 했다.

동굴은 제법 널찍한 크기였다.

"어떠냐? 한때 강호를 유람하다가 발견한 곳이다. 이곳이라면 누가 오더라도 능히 막아낼 수가 있을 게야. 그 악녀가 우리를 바짝 쫓아오고 있으니 당분간 이곳에 머물도록 하자."

말을 마친 임패각은 또 격하게 기침을 했다.

그가 기침을 할 때마다 시뻘건 핏덩이가 입에서 나왔다. 그는 동굴 한쪽에 모래 구덩이를 판 다음 그곳에 피를 묻었다.

"내가 각혈을 하게 되면 이곳에 뱉을 테니 주의하거라."

"예. 그런데 만약 그 악녀가 샛길을 막아버리면 어떡해요? 여기서 몇날 며칠을 지내다간 굶어 죽고 말 거예요."

"그것도 크게 염려할 것 없다. 샛길을 따라 봉우리로 올라가면 제법 너른 평지가 있다. 그곳에 사냥감은 충분하다. 그곳으로 가는 길은 동굴 입구를 지나는 길밖에 없으니 우리는 이곳으로 오르는 샛길만 잘 막으면 돼. 그리고 동굴 안쪽으로 들어가면 물이 고여 있으니 먹고 씻을 일도 걱정 없는 게지."

"정말 요새나 다름없네요."

진양이 박수를 치며 말했다.

그날 저녁 임패각이 좌선을 한 채 운기하는 동안, 진양은 숲으로 나가서 사냥을 했다.

비록 제대로 된 무공은 익힌 적이 없지만, 현존하는 최고의 내가무공을 익힌 덕분에 진양은 어렵지 않게 토끼 두 마리를 사냥해 올 수 있었다.

단도로 토끼 가죽을 벗긴 후 불을 피우고 굽기 시작하자, 먹음직스러운 냄새가 동굴 안을 가득 메웠다. 운기행공 중이던 임패각도 눈을 뜨고는 맛있게 구워진 토끼 고기를 보았다.

"제법이구나."

두 사람은 배가 부르도록 토끼 구이를 먹어치운 다음 깊은 잠에 빠져들었다.

그동안 강행군을 한 덕분에 두 사람은 오랫동안 숙면을 취했다.

동굴 생활을 시작하면서 두 사람에게는 별로 어려운 일이 없었다. 배가 고프면 사냥을 해서 먹었고, 몸이 더러워지면 동굴 안의 샘에서 씻었다.

진양은 임패각에게 몇 번이나 무공을 가르쳐 달라고 말해 보았지만, 그때마다 번번이 혼뜨검만 날 뿐이었다.

임패각은 날이 흐를수록 수척해져 갔다. 해독약을 구하지 못했으니 몸 전체에 독이 퍼진 것이다. 그나마 이렇게 버틸 수 있는 것도 그가 둔도백마라고 불리는 무림 고수였으니 가능한 것이었다.

그러던 어느 날 진양은 밤이 깊도록 잠이 오지 않아서 동굴 입구로 걸어나왔다.

하늘에 달이 휘영청 떠올라 있으니 절벽 아래로 산세의 지형이 한눈에 들어왔다.

진양은 나뭇가지 하나를 주워 들고는 바닥에 글씨를 쓰기 시작했다.

바로 자양진경에 적힌 글귀들이었다. 천상련에서 지내는 동안 자양진경의 글을 매일 필사했기 때문에 진양은 모든 구절을 정확히 암기하고 있었다.

나뭇가지로 바닥에 글을 써가다 보니 이내 재미가 붙었고, 진양은 잡념을 잊고 글쓰기에만 집중하게 됐다.

한편 동굴 안쪽에서 깊이 잠들어 있던 임패각은 이상한 기운을 느끼고는 잠에서 깼다.

그가 눈살을 찌푸리고 동굴 입구를 바라보니 진양이 쪼그리고 앉아서 무언가를 끼적이고 있었다. 한데 진양의 전신에서 우러나오는 기운이 범상치 않았다.

"진양아, 무얼 하고 있는 게냐?"

임패각이 소리쳐 물었지만, 진양은 듣지 못한 듯 바닥에 낙서하는 데만 온 신경을 쏟아붓고 있었다.

거듭 소리쳐 부르던 임패각이 결국 자리에서 일어나 진양에게 다가갔다. 그는 진양을 부르는 대신 가만히 그 곁에 가서 진양이 쓰는 글귀를 바라보았다.

　순간 임패각이 두 눈을 부릅떴다.

　'이 아이가 다른 재주는 없어도 글씨 하나만큼은 기가 막히는구나! 이것이 열여섯 살 소년의 필치란 말인가!'

　진양은 나뭇가지를 쥐고 바닥에 글씨를 쓰고 있었는데, 한 줄의 글귀를 적고 나면 다시 그 위에 덮어쓰곤 했다. 그럼에도 그 필체의 흐름이 워낙 유려하면서도 분명하여 한눈에 글자를 알아볼 수가 있었다.

　묵묵히 바라보던 임패각은 이제야 진양이 어떻게 내공을 쌓았는지 깨달을 수 있었다. 겉보기에는 그저 서예 이론에 불과한 글귀지만, 진양은 분명 이 글을 적으면서 내공을 연마하고 있는 것이다.

　한 글자 한 글자 적어가면서 진양은 그 글씨에 맞는 심상을 떠올리고, 또한 거기에 맞는 움직임을 이어가면서 자연스럽게 내공을 운기하고 있었다.

　진양이 적는 글귀 중에는 우주의 진리를 아우르는 요체가 숨어 있으니, 정확한 필치로 글자를 적는 자만이 익힐 수 있는 경지이리라.

　진양은 어찌나 깊이 빠져 있는지 임패각이 옆에서 반 시진 가까이 지켜보고 있다는 사실도 알지 못했다.

임패각은 한참이 지나서야 자리로 돌아가서 다시 누웠다.

'저 아이의 재주가 저토록 비상하니 그대로 썩히는 것도 아깝구나. 게다가 심성이 착하고 신의를 지킬 줄 아는 것을 보면 훗날 악인이 될 것 같지는 않다. 하지만 나는 두 번 다시 제자를 두지 않겠다고 맹세했으니 무공을 가르쳐 줄 수는 없다. 어쩌면 좋을까?'

임패각은 몸을 뒤척이며 생각하다가 곧 어떤 생각을 떠올리고는 무릎을 탁 쳤다.

'옳거니, 그러면 되겠구나.'

그는 다시 잠을 청했다.

다음날 임패각이 눈을 떴을 때, 진양은 동굴 입구에서 쓰러진 채 잠들어 있었다. 아직까지도 손에 나뭇가지를 쥐고 있는 걸 보니 어젯밤 내내 글을 쓰다가 아침이 되어서야 잠이 든 모양이다.

임패각은 진양의 손목을 잡고는 맥을 짚어보았다.

'흐음, 이 아이가 익힌 내공은 참으로 독특하군. 평소에는 느껴지지도 않을 정도이니. 하지만 이것 또한 이 녀석이 내공을 활용할 줄 모르기 때문이다. 우선은 내공을 익히는 법부터 알려주어야겠군.'

기본적으로 무공을 사용하려면 사지백해에 녹아들어 있는 내기를 단전에 모을 줄 알아야 한다. 진양은 누구보다도 심후한 내공을 소유하고 있지만, 그것을 의식적으로 단전에 모을 줄을 모르는 것이다.

한 시진 정도 흐른 후 임패각은 진양을 깨웠다.

"그만 일어나거라! 언제까지 자빠져 잘 생각이냐?"

느닷없는 호통에 진양이 화들짝 놀라서 깼다.

"아, 어르신, 죄송합니다."

"마을로 내려가서 문방사우를 사가지고 오너라."

"예? 마을에 가서요? 갑자기 왜⋯⋯."

"이 녀석이, 시키면 시키는 대로 할 것이지 말이 많구나! 하기 싫으면 썩 꺼져!"

"아니에요. 사 올게요."

"자, 돈은 여기 있다. 빨리 다녀오너라."

진양이 굽실 인사를 하고는 떠났다.

마침 직례 지역은 문방사우의 품질이 좋기로 유명한 곳이었다.

진양은 서둘러서 필요한 것들을 사왔지만, 워낙 산세가 험하다 보니 다시 동굴로 돌아왔을 때는 이미 해가 저물 무렵이었다.

"사 왔어요, 어르신."

"네 녀석이 너무 늦은 바람에 오늘은 할 수 없게 됐다. 내일 하자."

진양은 영문도 모른 채 고분고분 대답할 뿐이었다.

다음날 아침 임패각은 다시 진양을 불렀다.

"어제 네가 바닥에 쓴 글씨를 보니 제법 필체가 봐줄 만하더구나. 내가 악필이니 너에게 글을 좀 적게 해야겠다."

"무슨 글인지요?"

"내가 일평생 갈고닦은 무공을 책으로 만들어볼까 한다. 내가 불러주는 대로 너는 받아 적으면 된다."

"그럼 저한테 무공을 가르쳐 주시는 건가요?"

"시끄럽다! 나는 아무에게도 내 무공을 가르쳐 주지 않을 거야! 너는 내 제자가 아냐!"

"예……."

진양이 시무룩하게 대답하는데, 임패각이 흘깃 보더니 혼잣말처럼 중얼거렸다.

"혹시라도 네 녀석이 너무 똑똑해 스스로 깨우친다면야 어쩔 수 없는 거지만, 내가 너를 일부러 가르쳐 주진 않을 게다."

그 말에 진양의 표정이 한껏 밝아졌다.

머리가 좋은 진양은 그의 말이 무슨 뜻인지 바로 알아들을 수 있었다.

평생 제자를 두지 않기로 했으니 드러내 놓고 무공을 가르쳐 주진 못하지만, 간접적으로나마 가르쳐 주겠다는 뜻을 내비친 것이 아닌가!

진양이 먹을 갈면서 물었다.

"그런데 왜 갑자기 책을 만들려고 하세요?"

"이제 나는 독이 발작해서 얼마 살지 못하고 죽을 게다. 그럼 내가 익힌 무공이 영원히 사라질 테니 그게 아쉬워서 그런다."

"어르신은 돌아가시지 않을 거예요. 제가 보살펴 드릴게요."

"흥! 네까짓 것이 날 어떻게 보살핀다고?"

임패각은 차갑게 비웃었지만, 내심 진양의 따뜻한 마음씨에 감동하고 있었다.

모든 준비가 끝나자 임패각은 구결을 읊기 시작했다.

진양은 그 구결을 받아 적었다.

별로 많은 구결이 아니었다.

너무 많은 구결을 알려주면 진양이 충분히 익힐 시간이 없을 거라고 판단해서 임패각은 하루에 몇 안 되는 구결만을 불러주었다.

진양은 그렇게 처음으로 임패각을 통해 내공을 다스릴 수 있게 됐다.

임패각이 불러주는 구결에 따라 토납술을 이행해 보고 운기행공을 하자 양진양은 무서운 속도로 내공이 증진했다. 그렇잖아도 자양진경을 통해 얻은 내공이 심후한데 그 힘이 더욱 깊어진 것이다.

내공이 증진되자 진양은 자연스레 자양진경이 훌륭한 무학의 경전임을 비로소 알 수 있었다.

'사람들이 내게 무공을 익혔다고 한 이유가 여기에 있었구나. 이제 보니 자양진경은 정말 훌륭한 경전이 아닌가. 더구나 글자를 통해 내공을 쌓는 방법이니 내게 딱 맞는 수련 방식이다.'

사실 진양이 여타 무공 초식명을 글자로 적어보기만 하고도 곧바로 이해할 수 있는 이유는 바로 자양진경의 영향을 받았기 때문이다.

자양진경에는 모든 글자의 이치와 철학을 꿰뚫는 요결이 적혀 있었다. 이 역시 자양진경을 필사해야만 비로소 깨우칠 수 있는 것이었다. 즉, 자양진경은 읽어서 깨우치는 것이 아니라 쓰면서 깨우치는 경전이었다.

원래 필치가 우수하고 글자에 대한 이해가 남달랐던 진양은 누구보다도 빨리 자양진경의 요결을 파악했고, 자신도 모르는 사이에 내공이 쌓이고 무학에 대한 이해력이 높아져 있었던 것이다.

더구나 사 년의 세월 동안 천하 각종 무공을 필사했으니 은연중에 무학의 요결을 파악하는 능력이 향상된 것이라고 볼 수 있었다.

하지만 자양진경은 여느 내공심법처럼 오로지 내공과 무학의 요결밖에 없었다. 실제로 싸움이 났을 때 공방전에 쓸 수 있는 초식은 일초반식도 기재되어 있지 않았다. 게다가 자양진기는 몸 전체에 고루 퍼져 있는 것이 특징이다 보니, 진양이 그 내기를 깨닫기까지 시간이 걸렸던 것이다.

어쨌거나 진양은 임패각을 통해 내공이 더욱 증진됐고, 그 기운을 다스릴 줄 알게 됐으며, 나중에는 임패각이 일평생 익혔던 지둔도법(遲鈍刀法)까지 익힐 수 있었다.

내공을 다스릴 줄 알게 되자 진양은 더욱 훤칠하게 자랐다.

그렇게 일 년여가 흘렀고, 햇수로는 두 해가 지났다.

그사이에 부쩍 성장한 진양은 이제 웬만한 어른만큼 큰 키였다. 게다가 체격도 다부지고 준수한 외모를 지니고 있어 보는 사람마다 호감을 품지 않을 수 없었다. 또한 생각도 자못 깊어져 말투도 조금은 어른스러운 기색을 띠었다.

어느 날 임패각은 기침을 심하게 하고는 자리에 몸져누웠다.

날이 갈수록 임패각은 독상이 심해지기만 했다. 그의 말대로 살날이 이제 얼마 남지 않은 듯했다.

"어르신, 아무래도 십지독의 해독약을 구해야겠습니다. 안 그러면 어르신이……."

"클클. 해독약을 어디서 구한다고? 네놈이 만들 재주라도 있더냐?"

"십지독녀에게 가서……."

"흥! 그 악녀에게 구걸을 하자고? 절대 안 될 말이지. 그런다고 줄 것도 아니다."

"하지만 이러다간 어르신의 몸이……."

"시끄럽다!"

고집스런 표정으로 버럭 소리친 임패각은 힘겹게 몸을 일으키더니 동굴 입구로 걸어갔다. 어느새 하늘은 잔뜩 어두워져 있었고, 보름달이 휘영청 떠올라 있었다.

임패각은 입구에 주저앉더니 일망무제(一望無際)로 탁 트인 산세 풍경을 하릴없이 내려다보았다. 그가 문득 처연한 목소리로 시 한 소절을 읊었다.

바로 이백의 정야사(靜夜思)였는데, 달을 보다가 고향을 그리워한다는 내용의 시였다.

임패각은 이 시를 자주 읊곤 했다.

한데 오늘따라 그의 목소리가 어찌나 처연한지 듣고 있던 진양마저 왈칵 눈물이 나올 뻔했다.

임패각이 다시 그 시를 읊을 때, 진양은 나뭇가지 하나를 주워 들고 동굴 벽에다가 정야사를 초서체로 받아 적어나갔다. 구불구불한 글씨가 달빛처럼 새겨지더니 어느새 먼 고향으로 아득히 날아가듯 이어졌다. 마치 임패각의 입에서 흘러나온 시 구절이 고스란히 날아와 벽에 새겨진 듯했다.

이때쯤 진양은 이미 내공을 자유자재로 다스리는 경지에 이르러서 나뭇가지를 들고도 암벽에 글씨를 얕게나마 음각할 수 있었다.

임패각은 등 뒤에서 사각사각 소리가 나자 고개를 돌리고 바라보았다. 그는 진양의 필체를 보더니 내심 감탄해마지 않았다.

진양의 글씨를 보고 있자니 조금 전 치솟던 분노가 눈 녹듯이 사라졌다.

그가 다시 동굴 안쪽으로 걸어갔다. 그곳엔 평평한 바위 위에 짚더미를 깔아서 만든 침상이 있었다.

"양아, 이리 와서 앉아보아라."

"예, 어르신."

"너는 앞으로 어찌 살 것이냐?"

"갑자기 그게 무슨 말씀이신지요?"

"나는 이제 독상이 깊어져 며칠 살지 못할 것 같다. 너 홀로 살아남으면 이제 네 길을 떠나야 하지 않겠느냐?"

양진양은 임패각이 진심으로 자신을 걱정해 주고 있다는 것을 깨달았다. 그 깊은 정을 느끼자 새삼 눈시울이 붉어지며 목이 메었다.

진양이 우물쭈물하자 임패각은 전에 없이 부드러운 어조로 물었다.

"자, 말해보아라. 너도 하고 싶은 일이 있을 것 아니냐? 네가 이루고 싶은 것도 있을 것이고. 그게 무엇이더냐?"

임패각이 진지하게 물어오자, 진양도 어릴 적부터 생각했던 꿈을 솔직하게 이야기했다.

"저는… 할 수만 있다면 큰 서예당을 차리고 싶습니다. 그래서 많은 사람들에게 서예를 가르치고, 또 서예를 통해 진리와 도를 깨우치게 하고 싶습니다. 물론 그전에 저부터 그만한 능력을 길러야겠지요."

"클클. 너다운 생각이다. 한데 어째서 무공을 익히려고 했더냐?"

"강해지지 않으면 꿈을 이루기가 힘들 것이라고 생각했지요. 어렸을 때 아버지가 돌아가시는 것을 보았고, 그동안 여러 차례 죽을 고비를 넘기면서 무공을 익혀야겠다고 생각했거든요."

임패각이 눈을 지그시 감고는 고개를 끄덕였다.

"앞으로 너는 네가 익힌 무공을 너 자신을 지키는 데 써야 할 것이다. 함부로 과시하면 네 꿈과도 거리가 멀어질 게야."

"예, 어르신."

임패각은 눈을 뜨고 다소 허망한 눈길로 허공을 응시하며 중얼거렸다.

"나는 여태껏 많은 악인들을 멸해왔다. 하지만 아직도 이 강호에는 간악한 자들이 수도 없이 많다. 오늘에서야 나는 한 가지를 깨달았다. 그게 무엇인지 아느냐?"

"소생이 불초하여 잘 모르겠습니다."

"내가 바뀌지 않고 남을 개선시키기는 힘들다는 것이다. 악을 멸하는 것보다 더욱 힘든 것이 바로 선을 행하는 것이다. 악을 멸하는 것은 그것으로 끝이지만, 내가 선을 행하면 내게 감화된 다른 이가 또 선을 행하게 될 것이다. 하지만 나는 오로지 악을 멸하는 것에만 여념이 없었다. 정작 나 자신을 돌보진 않았다. 그것이 가장 후회되는구나."

진양은 임패각의 말에 절로 숙연한 기분이 들어 아무런 말도 할 수 없었다.

임패각이 시선을 내려 진양을 바라보았다.

"양아, 너는 스스로 협의를 지키는 대장부가 되어야 한다. 은혜를 입으면 배로 갚을 줄 알아야 하고, 네가 베푼 것에 대해서는 가벼이 여길 줄 알아야 한다. 그러면 너에게 감화된 많은 사람들이 다시 또 너를 닮으려고 노력할 것이다. 그러다 보면 언젠간 네가 원하는 꿈도 이룰 수 있을 게다."

"명심하겠습니다, 어르신."

"만약 내가 죽기 전에 십지독녀가 나타나면 네가 그녀를
막아야 한다. 혹시 내가 죽고 그녀가 너마저 죽이려거든 내가
자주 읊는 정야사의 마지막 두 구절을 그녀의 부채에 적어주
거라. 그리고 흡혈마는 네가 보살피도록 해라."

마치 유언과도 같은 말에 진양은 저도 모르게 눈물을 주르
륵 흘렸다.

"어르신, 어째서 그런 말씀을 하십니까? 저와 함께 마을로
가서 약이라도 지어보지요."

"아서라. 십지독을 삼류 의원이 치료할 수 있을 듯싶으냐?
십지독은 천하에서 가장 뛰어난 극독이다. 괜한 수고 하지 말
고 너는 내가 불러주는 구결이나 잘 받아 적어라."

"예……."

나흘 뒤 진양은 지둔도법을 모두 받아 적었다. 물론 자양신공
을 익힌 진양은 지둔도법의 요체를 완전히 파악할 수 있었다.

지둔도법은 이름과 달리 매우 민첩하고 빠른 무공이었다.
하지만 지둔(遲鈍)이라는 이름이 붙은 만큼, 겉보기에는 몹시
느리고 우둔한 움직임처럼 느껴졌다.

상대의 이목을 속여 느림 속에 빠름을 추구하고 우둔함 속

에 영악한 심리가 숨어 있으니, 그야말로 도공(刀功)의 절학이라고 할 수 있었다.

하지만 임패각은 정식으로 제자를 두지 않기 때문에 절대 진양에게 자신의 둔도를 쓰게 하지 않았다. 해서 진양은 언제나 붓대를 들고 지둔도법을 익힐 수밖에 없었다.

그렇게 보름이 지난 날, 잠을 자던 임패각이 눈을 뜨고는 진양을 불렀다.

"양아, 그들이 왔구나. 나가서 좀 맞아야겠다."

"그들이라니요?"

"날 찾아올 사람이 그 악녀 말고 또 있겠느냐?"

그 말에 진양은 덜컥 겁이 났다.

일 년여 전에 만났던 십지독녀는 정말 무서운 실력을 보였다.

그때도 자양신공을 익히고는 있었지만, 그녀의 손길 한 번에 맥을 못 추지 않았던가.

그런데 겨우 일 년여가 지난 오늘 그녀를 상대할 수 있을까?

그때 과연 동굴 밖에서 인기척이 들렸다.

아직 그들이 동굴에 다다르려면 제법 거리가 있었지만, 내공이 심후해진 진양은 멀리서 들린 소리도 금방 알아챌 수 있었던 것이다.

임패각이 눈을 감은 채 말했다.

"너무 두려워할 것 없다. 내 보기에 네가 가진 내공은 매우 뛰어난 수준이다. 그러니 두려워하지 마라. 실패보다도 무서운 게 바로 두려워하는 마음이다."

"예, 어르신."

임패각의 말에 용기를 얻은 진양이 동굴 입구로 걸어갔다.

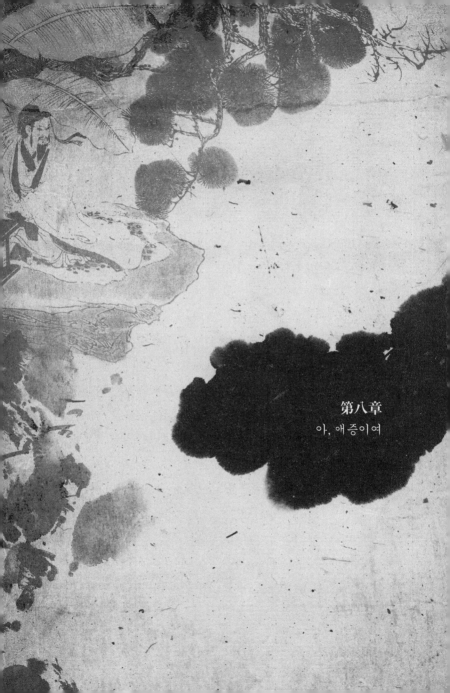

第八章

아, 애증이여

양진양이 입구로 나와서 잠시 기다리고 있자니, 이윽고 두 사람이 절벽으로 난 샛길을 따라 올라오는 것이 보였다. 이 샛길은 말 한 마리가 겨우 지나갈 수 있을 정도의 너비였기 때문에 무공을 겨루기에는 매우 위험한 장소였다.

진양을 본 매지향은 잠시 눈살을 찌푸렸다.

일 년여 사이에 훌쩍 자란 진양을 잠깐 알아보지 못한 것이다.

하지만 이내 진양을 알아보고는 눈썹을 성큼 추켜올리며 차갑게 소리쳤다.

"이제 보니 그 영악한 꼬마로구나! 감히 네놈이 나를 속여?"

진양이 빙글 웃었다.

"속이다뇨. 전 정말로 어르신이 그때 서쪽으로 간 줄 알았습니다."

"닥쳐라! 오늘만큼은 날 속이지 못할 것이다! 둔도백마는 안에 있느냐?"

"글쎄요. 안 계신다고 해도 믿지 않으실 것 같고……."

진양이 능글맞게 대구하자, 약이 바짝 오른 매지향이 손을 매섭게 뻗어왔다.

"감히!"

"엇!"

깜짝 놀란 진양이 뒤로 훌쩍 물러났다.

단 일 수에 불과했지만 매지향은 진양의 몸놀림이 사뭇 달라졌다는 것을 눈치챘다.

'방금 저건 지둔도법의 보법인 것 같은데?'

의구심이 든 그녀는 다시 한 번 오른손을 뻗었다. 이번에는 쥘부채까지 길이가 더해졌다.

진양은 더 물러갔다간 동굴 입구까지 다다를 것 같기에 얼른 옆으로 걸음을 옮기며 몸을 눕혔다. 한데 그 모습이 마치 절벽 밖으로 떨어질 것처럼 아찔했다.

"앗!"

매지향의 뒤에서 지켜보던 소담화가 깜짝 놀라서 소리쳤다.

다음 순간 진양의 몸이 거짓말처럼 일어서더니 다시 샛길 위에 중심을 잡고 서 있었다. 마치 강시가 관절을 구부리지 않고 누웠다가 일어서는 듯한 움직임이었다.

매지향이 부채를 거두고는 차갑게 힐난했다.

"흥! 일평생 제자를 두지 않겠다고 다짐하더니 결국 둔도백마가 그 맹세를 깨고 네놈을 제자로 받아준 모양이군!"

그러자 동굴 안에서 쩌렁쩌렁한 목소리가 울려나왔다.

"누가 내 제자란 말이야? 나는 제자를 받지 않아! 콜록콜록!"

내공을 섞어 소리친 탓인지 임패각은 격하게 기침을 했다.

그의 목소리를 들은 매지향의 얼굴이 묘하게 들떴다가 이내 근심스런 표정으로 바뀌었다.

진양은 그 표정을 놓치지 않고 보았다가 내심 고개를 갸웃거렸다.

'이 두 분은 어떤 악연을 가지고 있기에 이렇게 서로를 죽이려고 한단 말인가? 더구나 지금 십지독녀의 표정에는 마치 안타까워하는 기색마저 서려 있지 않았나?

하지만 이내 매지향은 차갑게 조소했다.

"제자도 아닌데 지둔도법의 보법까지 쓸 줄 아는 이 녀석은 누구죠?"

그녀 역시 내공을 섞어서 소리쳤기 때문에 카랑카랑한 목소리가 창공에 가득 울렸다.

동굴 안에서 다시 소리가 들렸다.

"알 게 뭐야? 나는 그 아이를 가르친 적이 없어, 그 녀석이 훔쳐 배운 게지."

매지향이 고개를 돌려 진양을 보았다.

"정말이냐?"

"맞습니다. 어르신은 제게 무공을 가르쳐 준 적이 없습니다. 저는 지둔도법을 두 눈으로 본 적이 한 번도 없으니까요."

"어디서 그런 뻔뻔한 거짓말을!"

"정말이에요."

진양이 거듭 강조하자 매지향이 다시 동굴을 향해 소리쳤다.

"정말 당신이 이 아이를 가르치지 않았단 말인가요?"

"글쎄, 그렇다니까! 그 녀석은 내가 구결을 읊을 때마다 훔쳐 들은 것밖에 없어! 나는 그 녀석에게 한 번도 도법을 시범 보인 적이 없단 말이야!"

매지향이 가만 들어보니 거짓말 같지가 않았다.

무엇보다도 그녀는 둔도백마가 이런 일로 거짓말을 할 사람이 아니라는 것을 잘 알고 있었다.

　매지향이 차갑게 코웃음을 쳤다.

　"흥! 아무래도 상관없겠지! 이제 둔도백마가 저 안에 있는 걸 알았으니 썩 비켜라!"

　"제가 비키면 어쩔 생각이시죠?"

　"몰라서 묻느냐? 나는 그를 죽일 생각이다."

　"그럼 비킬 수 없습니다."

　"뭣이?"

　"제가 한 가지 부탁드려도 될까요?"

　매지향이 눈썹을 성큼 추켜올리고는 바라보았다.

　진양은 동굴 안쪽을 힐끔 쳐다본 다음 목소리를 한껏 낮추어서 물었다.

　"해독약을 제게 주실 수 없나요? 부탁드리겠습니다."

　매지향은 뜬금없는 요구에 두 눈을 멀뚱멀뚱 떴다. 그러다가 이내 깔깔거리며 웃었다.

　"호호호. 너는 아주 재미있는 아이구나. 그래, 내가 너에게 해독약을 주면 너는 내게 무엇을 해주겠느냐?"

　"뭐든지… 시키는 대로 하지요."

　"흥! 너 따위를 어디에 쓴다고? 헛소리 말고 비켜라! 내가 그를 죽이려고 하는데 해독약을 줄 것 같으냐?"

"말씀드렸다시피 그렇다면 비킬 수 없습니다."

"정녕 죽고 싶은 게냐?"

매지향이 날카롭게 소리쳤다. 서슬 퍼런 표정을 보고 있자니 금방이라도 독수를 써서 진양을 공격할 듯했다.

그때 동굴 안에서 다시 목소리가 흘러나왔다.

"클클. 그 아이가 고집이 좀 세다네. 그렇다고 설마 무림의 고수인 십지독녀가 한낱 소년을 괴롭히고 죽일 텐가? 그럼 참으로 부끄러운 일이지. 암!"

매지향이 코웃음을 쳤다.

"끝내 비키지 않는다면 죽일 수도 있겠죠. 여기서 죽인다고 한들 누가 알기나 할까?"

"허어, 그러지 말고 이렇게 하는 게 어떻겠나?"

"뭘 말이죠?"

"그 아이는 내가 직접 가르치진 않았지만, 내게서 무공을 훔쳐 배웠지. 그래서 최소한의 예의로 날 위해서 나섰으니 그쪽에서도 제자를 내보내는 것이 어떻겠나? 두 아이가 싸워서 지는 쪽이 곱게 물러나도록 하지. 이쯤하면 결과야 어떻든 세간의 손가락질을 받을 일은 없을 걸세."

매지향이 어깨 아래로 늘어진 팔색조의 붉은 꼬리 깃털을 손으로 쓸어내렸다.

가만히 생각해 보니 그것도 나쁘지는 않았다.

더구나 두 해 전에 만났던 진양은 제대로 된 무공을 익히지 않은 상태였다. 겨우 일 년여 만에 성장해 봐야 얼마나 성장했겠는가?

그리고 그 기간 동안 자신의 제자인 소담화도 분명 성장을 했다. 소담화는 이제 어지간한 정도 문파의 후기지수와 겨루어도 쉽게 승부가 나지 않을 정도로 강해져 있었다.

"좋아요. 그럼 결과에 무조건 승복하는 조건이에요?"

"이를 말인가. 양아, 네가 패하면 무조건 저들에게 길을 열어주도록 해라."

"하지만 어르신……."

"어허! 나를 신의도 지키지 못하는 졸렬한 놈으로 만들 셈이더냐? 콜록콜록!"

역정을 부리던 임패각이 다시 격하게 기침을 했다.

진양이 어쩔 수 없이 대답했다.

"알겠습니다. 제가 패한다면 길을 열어드리지요."

진양이 약속하자 임패각이 다시 말을 덧붙였다.

"그 샛길은 매우 위험해. 혹시라도 싸우다가 두 사람이 동시에 낭떠러지로 떨어져 죽을 수도 있으니 한 가지 방식을 정하세."

"그건 또 뭐죠?"

"하루에 딱 한 번만 겨루는 거야. 단, 두 사람이 합해서 열 초식을 넘기지 않도록 하세. 그 이상 싸웠다간 두 사람 모두 위험해질지도 모르니까."

매지향은 가만히 생각을 굴렸다.

십 초라는 제한이 매우 짧기는 했지만, 그녀도 소담화를 아끼는 마음이 있었다.

실제로 이 비좁은 길은 두 사람이 싸우기에 적합한 장소가 아니었다. 싸움이 길어지면 두 사람 모두 추락할 위험이 다분했다.

매지향이 이내 청아한 목소리로 대꾸했다.

"좋아요. 그렇게 하죠."

"클클. 그럼 언제 겨룰 텐가?"

"말이 나온 김에 지금 겨루도록 하죠. 만약 오늘 승부가 나지 않는다면 내일부터는 정오에 이곳에서 겨루도록 하구요."

"클클. 좋아. 그럼세."

말을 마친 매지향은 소담화를 데리고 샛길을 따라 돌아갔다. 제자에게 이런저런 조언을 해줄 요량이었다.

잠시 후 소담화가 앞장서서 걸어왔다.

진양은 내심 긴장한 표정으로 그녀를 바라보았다.

소담화 역시 안 본 사이에 부쩍 성숙해져 있었다. 일 년여 전까지만 해도 앳되고 어린 티가 났는데, 지금은 성숙한 여인이 되어 있었다. 굴곡있는 몸매와 깊고 맑은 두 눈망울에서는 자못 요염한 자태마저 느껴졌다.

양진양이 양손을 맞잡고 예를 차렸다.

"오랜만이오, 낭자."

두 사람 모두 일 년여 사이에 부쩍 성장해 있었으므로 진양의 인사는 겉보기에 전혀 어색할 것이 없었다.

소담화가 차갑게 흘겨보며 코웃음을 쳤다.

"흥!"

그녀는 일 년여 전에 객점에서 당한 수모를 똑똑히 기억하고 있었다.

무공도 할 줄 모르는 진양에게 된통 당하지 않았던가?

오늘에야말로 그 수모를 갚아주고 말리라.

소담화는 검을 뽑아 들고 천천히 기수식을 취했다. 비탈길이 매우 비좁았으므로 큰 동작을 취할 수는 없었다. 게다가두 사람이 도합 열 초식 이상 겨룰 수 없었기에 신중하게 움직여야 했다.

진양 역시 붓대를 들고 천천히 자세를 잡았다.

임패각은 자신의 둔도를 결코 빌려주는 일이 없었다. 때문에 진양은 도를 대신해서 붓대를 집어 든 것이다.

소담화가 차갑게 비웃었다.

"그깟 붓을 들고 어쩌겠다는 거예요?"

그동안 세월이 흘러서 그런지 그녀 역시 함부로 하대를 하지는 않았다.

진양이 미소를 그리며 답했다.

"우리 아버지는 늘 붓이 칼보다 강하다고 하셨지요."

"흥! 나중에 딴소리나 하지 마요!"

"물론이오."

진양의 대답이 떨어지는 것과 동시에 소담화가 훌쩍 몸을 날렸다. 그녀의 몸이 둥실 떠오르는가 싶더니 마치 흐르는 급물살을 타고 떨어지듯 진양에게 쇄도했다.

소담화의 검공은 바로 십절류(十絶流)라는 것이었는데, 모두 열 가지의 절초로 이루어져 있었다. 하지만 각 초식마다 변초와 허초가 무수히 많았기에 열 가지 검로(劍路)만 있을 거라고 생각하면 오산이다.

한편 진양은 상대의 검이 수직으로 떨어지는 것을 보고 얼른 몸을 눕히며 붓을 들어 올렸다. 진양의 몸이 강시의 그것처럼 뻣뻣하게 굳은 자세로 넘어갔다. 이러한 움직임은 지둔도법의 특징이었다.

까앙!

검과 붓대가 부딪치자 청명한 금속성이 울렸다.

진양은 두 발이 저절로 미끄러지듯 뒤로 물러가면서 자연스럽게 몸을 일으켰다.

"흥! 지둔도법이 아니라 강시도법이라는 말이 더 어울리겠군!"

소담화가 비웃으며 다시 이 초를 전개했다.

낙수유검(落水流劍)에 이은 풍설유검(風雪流劍)이었다.

마치 어지럽게 춤을 추듯 움직이는 검날에서 빛이 번쩍이며 쏟아지니 그야말로 눈보라가 이는 듯했다. 눈앞이 어지러워지자 검이 어디에서 날아올지 감을 잡기조차 힘들었다.

진양은 심후한 내공을 소유하고 있었고 뛰어난 도공을 익히긴 했지만, 역시 실전은 많이 부족했다. 금세 손발이 어지러워지고 보법이 흐트러지기 시작했다.

그때 마침 동굴 안에서 카랑카랑한 목소리가 튀어나왔다.

"바람이 매서우면 멎게 해야 할 일이 아니더냐!"

그 순간 진양의 뇌리에 한 가지 초식이 스쳐 지나갔다.

진양은 얼른 정신을 차리고 붓을 들어 전방으로 휘저었다. 바로 풍우정헐(風雨停歇)이라는 초식이었다.

시전자의 근방으로 바람조차 샐 틈이 없도록 도를 뻗어내는 것인데, 과연 초식을 전개하자 눈을 부시게 하던 빛이 거짓말처럼 사라졌다. 진양이 휘젓는 팔과 붓이 그 빛을 교묘하게 차단했기 때문이다.

진양은 가슴으로 짓쳐드는 검을 확인하고는 몸을 옆으로 기울였다. 지둔도법의 보법은 그야말로 이 좁은 길에서 싸우기에 최적이었다.

마치 그의 몸이 다시 낭떠러지로 떨어질 듯하다가 이내 돌개바람처럼 회전하더니 소담화의 옆구리를 찍어갔다.

깜짝 놀란 소담화가 얼른 몸을 물리며 검을 돌려 세웠다.

까앙!

다시 날카로운 금속성이 울렸다.

한데 이번에는 진양이 공력을 너무 많이 주입한 탓인지 붓대가 그 힘을 버텨내지 못하고 바스락 부서지고 말았다. 그 틈을 놓치지 않고 소담화가 일장을 휘둘러 왔다.

진양도 얼른 가슴 앞으로 손을 모으며 장을 받았다.

퍼엉!

응축된 기가 폭발하면서 요란한 소리가 창공에 쩌렁쩌렁 울렸다.

양진양과 소담화는 서로 가볍게 물러나며 뒷걸음질을 쳤다.

만약 둘 중 한 사람이라도 자존심 때문에 물러나지 않고 버텼다면 분명 내상을 입었을 터이다.

두 사람이 잠시 거리를 두게 되자, 뒤에서 지켜보던 매지향이 앙칼진 목소리로 외쳤다.

"비겁하군요! 제자도 아니라면서 초식까지 일일이 알려주다니!"

앞서 임패각이 소리친 속뜻을 그녀는 이미 알고 있었던 것이다.

하지만 임패각은 능청을 떨며 모른 척했다.

"무슨 소리야? 내가 언제 초식까지 지적해 줬다고? 난 그저 바람이 차기에 말한 것뿐일세."

"그런 식으로 한다면 좋아요! 화아, 섬전유검(閃電流劍)으로 나가거라!"

"네, 사부님!"

소담화가 낭랑한 목소리로 대꾸하고는 왼손과 왼발을 앞으로 길게 내밀었다. 그리고 오른손을 뒤로 당겨 구부리며 기수식을 취했다. 마치 금방이라도 튀어나갈 듯한 자세였다.

동굴에서 다시 목소리가 튀어나왔다.

"이것 봐! 그렇다고 대놓고 초식을 알려주는 게 어딨나? 게다가 나는 여기서 그 애들이 싸우는 게 보이지도 않는다고!"

"전 혼잣말로 중얼거린 거예요. 정 탓하려면 내 제자가 귀가 너무 밝아서 내가 중얼거리는 소리를 알아들은 것이나 탓하세요."

"흥! 순 억지군! 완전히 억지야!"

그러는 사이 소담화가 용수철처럼 몸을 튕기며 진양에게 날아왔다. 그녀의 검봉(劍鋒:칼끝)이 마치 착시현상을 일으키듯 여러 갈래로 갈라졌다. 순간적으로 막강한 공력을 주입한 탓에 검날이 떨고 있는 것이다. 이 검에 당하면 몸 전체에 공력이 흘러 짜릿한 아픔을 지속적으로 느끼게 되는데, 바로 섬전유검이라는 절초의 특징이라고 볼 수 있었다.

진양은 얼른 몸을 눕히며 손가락으로 검날을 튕겼다.

따앙—!

이번에도 청명한 소리를 울리며 검날이 튕겨 나갔다.

하지만 그 순간 진양의 몸은 마치 뇌전이 흐르듯 전신이 짜릿짜릿하게 아려왔다.

"크읍!"

진양이 어금니를 꽉 깨물며 뒤로 물러났다.

전신의 혈맥이 뒤흔들리는 느낌에 중심을 잡는 것조차 힘들 지경이었다.

그때 곧바로 소담화가 진양의 다리를 노리고 검을 뻗었다.

때마침 동굴 안에서 날카로운 목소리가 튀어나왔다.

"철돈도약(鐵豚跳躍)!"

진양은 거의 무의식중에 임패각이 소리친 초식을 펼쳤다. 철돈도약은 말 그대로 돼지가 높이 뛰어오르는 형상을 상상해서 붙인 초식명이다.

지둔도법은 대체로 둔한 움직임 속에서 날렵함이 깃들어 있었기 때문에 초식명 또한 우스꽝스러운 것들이 많았다.

진양은 곧바로 모든 공력을 발바닥에 모아 격발시켰다. 그러자 그는 지극히 적은 움직임으로도 허공으로 도약할 수 있었다. 본래는 도약과 동시에 도를 후려야 했지만, 진양은 지금 무기를 들지 않은 상태이니 마땅히 반격할 방법이 없었다.

그때 다시 임패각의 외침이 들렸다.

"질비고준(跌屁股蹲)!"

이 역시 우스꽝스럽긴 하지만 어엿한 지둔도법의 초식명이었다.

말 그대로 엉덩방아를 찧는 형상을 본떠 만든 것인데, 원래는 도를 엉덩이 아래에 깔고 앉듯이 떨어져야 했다.

하지만 진양은 현재 도를 들고 있지 않으니, 양 손바닥을 내뻗으며 장력을 일으켰다.

마침 허방을 내질렀던 소담화는 머리 위에서 떨어지는 진양을 보고는 얼른 허리를 젖혔다. 그리고 급한 김에 왼손만 들어 장력에 맞섰다.

퍼펑!

요란한 소리가 울리면서 소담화가 뒤로 대여섯 걸음이나 물러갔다.

만약 진양이 제대로 된 장법을 익혀서 쓴 것이라면 소담화는 벌써 내기가 상해 선지피를 토하고도 남았으리라.

하지만 진양은 어디까지나 도법을 사용하면서 임시방편으로 장력을 발출한 것이었다. 때문에 소담화는 정식 장법으로 그의 장력을 가까스로 막아낼 수 있었다.

매지향이 매섭게 소리쳤다.

"흥! 야공유성(夜空流星)!"

순간 소담화가 옆의 절벽을 따라 보법을 밟아 타고 올라갔다. 본래 야공유성은 신법을 이용해서 순식간에 허공으로 도약하면서 시작됐지만, 지금은 지형을 이용한 변초였다.

이내 정점까지 오른 소담화가 바람을 가르듯 떨어졌다.

쒜에엑!

임패각은 여태까지처럼 그 소리만 듣고도 상황을 능히 짐작했다.

그가 날카롭게 소리쳤다.

"철우격산(鐵牛擊山)!"

순간 진양이 공력을 양손에 주입시키면서 쌍장을 뻗어냈다. 등을 한껏 구부린 그의 모습은 정말로 철우(鐵牛)가 야산을 들이받을 듯한 기세였다.

"하앗!"

그의 입에서 기합성이 터지면서 장풍이 날아갔다.

동시에 소담화 역시 기합을 터뜨리며 검풍을 날렸다.

퍼엉!

두 사람이 외압에 밀리듯 뒤로 두어 걸음을 물러났다.

매지향은 놀란 표정으로 진양을 바라보았다.

'저 아이가 내공이 순후하다는 것은 알고 있었지만, 일 년

여 사이에 이토록 무공이 발전하다니. 방심했구나. 과연 임패
각이다.'

그녀가 차갑게 소리쳤다.

"다시 섬전유검!"

소담화가 곧바로 검을 내찌르며 달려들었다.

분명 같은 섬전유검이었는데, 이번에는 찔러오는 방식이
사뭇 달랐다.

변초를 사용했기 때문이다.

진양이 당황하면서 연신 뒷걸음질로 물러나는데, 동굴 안
에서 다시 쩌렁쩌렁 목소리가 울려나왔다.

"멈춰라!"

그 목소리가 어찌나 웅장하고 위풍당당한지 소담화는 저
도 모르게 움찔 떨고는 검을 거두고 말았다. 도무지 거부할
수 있는 용기가 나지 않게 만드는 목소리였다.

매지향도 잠시 깜짝 놀라서 말을 잃고 있는데, 마침 동굴
안에서 격한 기침 소리가 이어지자 그녀가 얼른 정신을 차리
고 소리쳐 물었다.

"무슨 수작이죠? 이제 직접 나서려는 건가요?"

"쿨럭쿨럭! 직접 나서긴. 우리가 이미 약속하지 않았던가?"

"뭘 말인가요?"

"하루에 열 초식만을 겨루자고 말일세. 이미 두 아이가 열

초식을 넘겼으니 승부는 내일로 미루도록 하지."

그 말에 매지향이 '아!' 하고 탄식을 흘렸다.

그러고 보니 벌써 열 초식을 겨룬 것이다.

처음에는 진양이 소담화에게 오초지적도 되지 않을 것이라고 여겼다. 물론 경험이 턱없이 부족한 진양으로서는 소담화의 상대가 되지 못한다. 만약 아무도 개입하지 않고 오로지 두 사람만 싸웠더라면 오 초도 가지 못해 진양이 패했을 게 자명했다. 무공은 절대로 내공만으로 이길 수 있는 것이 아니기 때문이다.

하지만 임패각이 그에게 초식을 지적했고, 그녀도 소담화에게 초식을 알려주었다.

결국 두 아이들의 싸움은 임패각과 매지향의 초식 대결이나 다름없었다.

승부는 나지 않았다.

하지만 이대로 계속 시간이 흘렀다면 어땠을까?

모르긴 해도 소담화가 이겼을 것이다.

한데 기분이 좋지 않다.

왜일까?

그렇다. 진양은 제대로 된 도법이 아니었다. 도도 들지 않고 도법을 쓴 것이다. 처음에는 붓을 들었고, 붓이 없을 땐 그때그때 임시방편으로 장력을 섞었다. 말이 쉽지 이건 무공에 어지간히 숙련된 사람도 어려운 일이다.

그럼에도 그는 소담화와 용호상박(龍虎相搏)을 이루었다.

그렇게 될 수 있었던 것에는 두 가지 이유가 있다.

하나는 양진양의 재능이 생각보다 뛰어나다는 것이고, 다른 하나는 임패각의 지둔도법이 딱히 병기를 가리지 않을 정도로 훌륭한 무공이라는 것이다.

매지향은 한숨을 내쉬고는 몸을 돌렸다.

이미 약속을 했으니 먼저 깰 수도 없는 노릇이었다.

"화아, 그만 가자!"

그제야 진양도 뒤로 한 걸음 물러나서는 포권을 취했다.

"소 낭자의 무공에 감탄했습니다."

"흥!"

소담화는 콧방귀를 뀌고는 몸을 휙 돌렸다.

두 사람이 사라지고 나자 진양은 긴장이 풀려 후들거리는 다리를 이끌고 동굴로 돌아왔다.

임패각이 껄껄 웃었다.

"수고했다. 그걸 싸웠다고 바로 주저앉느냐? 한심한 놈."

"정말 목숨을 걸고 싸웠다구요. 하마터면 정말 죽을 뻔했습니다."

"언젠간 죽을 목숨. 나를 위해 죽게 되면 그보다 영광스러운 일이 어디 있느냐? 하하하!"

임패각은 농담을 하면서도 내심 진양을 기특하게 여겼다.

사실 매지향은 진양의 재능이 뛰어나다고 생각했지만, 진양은 오히려 재능이 떨어지는 편이었다.

다만 어떤 무공이든 글자를 써서 익히고 나면 누구 못지않게 이해력과 응용력이 빨랐던 것이다. 이는 자양진경의 신묘함과 타고난 서예 실력 덕분이라고 할 수 있었다.

어쨌든 그날 매지향과 소담화는 정말로 약속을 지켜 동굴에 나타나지 않았다.

매지향과 소담화는 매일 정오만 되면 진양과 겨루기 위해 동굴 앞으로 찾아왔다. 그럴 때마다 진양은 절벽 위의 좁은 길까지 나아가서 소담화와 대결을 펼쳤다.

첫날과 마찬가지로 싸움 방식은 거의 임패각과 매지향의 초식 대결로 이어졌다.

두 사람은 각각의 무공으로 정점에 도달한 고수들이었기에 좀처럼 승부가 나지 않았다. 더구나 십 초라는 짧은 제한을 두고 승패를 가린다는 것 자체가 어찌 보면 어불성설이었다.

하나 날이 갈수록 두 사람의 무공 대결은 치밀해졌기 때문에 단 한 순간도 방심할 수가 없었다. 그래서 대결이 끝나고 나면 진양은 언제나 녹초가 된 몸으로 동굴로 돌아와야만 했다.

그렇게 닷새가 지난 날, 진양이 이번에도 승부를 내지 못하고 돌아왔다.

한데 임패각의 안색이 몹시 좋지 않았다.

그는 얼굴빛이 노랗게 변해서는 연신 기침을 해댔다. 기침을 할 때마다 토해지는 피가 더욱 많아졌다.

매지향과 소담화가 길목을 막고 있으니 마을에 내려가서 약을 구해오기도 힘들었다.

그렇다고 이대로 두고만 볼 수도 없는 노릇이 아닌가.

"어르신, 아무래도 약을 좀 지어와야겠습니다. 해독약은 아닐지라도 증세를 좀 완화시킬 수 있을지도 모르잖습니까?"

"필요없대도."

"하지만 이러다간 제가 저들을 이기기도 전에 어르신이 먼저……."

양진양은 차마 뒷말을 잇지 못했다.

임패각은 다시 쏟아지는 기침을 참지 못해 콜록거리면서 손을 내젓고는 돌아누웠다.

진양은 안쓰러운 표정으로 그 모습을 보다가 벌떡 일어나서 동굴 밖으로 나갔다.

그가 비좁은 길을 따라 내려가다 보니 매지향과 소담화가 보였다.

매지향이 진양을 돌아보고는 곱게 뻗은 눈썹을 살짝 찌푸렸다.

"왜 내려왔지? 둔도백마가 더 겨루어도 된다고 하더냐?"

"그게 아니라 길 좀 열어달라고 부탁을 드리려고 왔습니다."

"어째서?"

"어르신이 위독하십니다. 이대로는 제가 소 낭자와 승부를 짓기 전에 어르신께서 큰 화를 당할까 봐 두렵습니다."

그의 말에 매지향의 표정에 잠시 어두운 그늘이 졌다.

진양이 그 기색을 놓치지 않고 말을 이었다.

"부탁드립니다. 제가 마을로 내려가서 약을 지어올 수 있도록 허락해 주세요."

하지만 매지향은 이내 차가운 태도로 대꾸했다.

"십지독공에 당한 상처가 어디 보통 약으로 치유될 줄 아느냐? 어림도 없지!"

"하지만 증세를 늦출 수는 있지 않겠어요?"

"당치도 않는 소리! 그런 약 따위는 없다! 설령 있다고 한들 나는 둔도백마를 죽이기 위해서 온 몸이다. 그런데 내가 왜 그를 위해서 길을 비켜준다는 말이냐? 정녕 네놈이 마을에 내려가고 싶거든 나를 꺾고 가거라!"

양진양은 길게 한숨을 내쉬었다.

'가만 보면 매 선배는 어르신을 걱정하는 것 같기도 한데 왜 이렇게 깊은 원한을 가진 걸까?'

한편 진양이 돌아설 생각도 하지 않고 생각에 잠겨 있자,

매지향이 버럭 소리쳤다.

"뭘 하느냐, 돌아가지 않고? 아니면 정말 나와 한번 겨뤄보겠느냐?"

"불초 후배가 어떻게 선배님을 대적할 수 있겠습니까? 제 보잘것없는 실력으로는 어림도 없지요. 다만 한 가지 궁금한 것이 있습니다."

"뭐지?"

"도대체 매 선배님은 왜 그렇게 저희 어르신을 미워하시는 겁니까?"

순간 매지향의 눈빛이 잠깐 흔들렸다.

그 눈빛은 마치 사랑하는 이를 그리워하는 연정을 품는 듯도 했고 미움과 증오를 품는 듯도 했다.

그러나 이내 차가운 눈빛으로 돌아왔다.

"둔도백마가 내 제자 두 명을 죽였다. 두 아이 모두 강호를 호령하던 고수였지. 하지만 둔도백마 그 인간이 나를 하찮게 여기고 그 아이들을 죽여 버렸어!"

말을 꺼내던 매지향은 제 울분에 복받쳤는지 눈시울마저 벌겋게 물들었다.

진양은 사뭇 의아한 생각이 들었다.

매지향은 겉보기에 아직도 이십대 처녀처럼 아름다움을 유지하고 있는데, 그만한 고수를 제자로 두고 있었다니. 그럼 도대체 실제 나이는 얼마란 말일까?

그녀가 진양을 표독스럽게 쏘아보며 소리쳤다.

"이제 알았으면 썩 물러가라! 더 여기서 버티겠다면 내 일수에 너를 쳐 죽이겠다!"

진양은 결국 그녀의 서슬 맺힌 기세에 눌려 걸음을 돌리고 말았다.

동굴로 돌아오자 돌아누워 있던 임패각이 혼잣말처럼 중얼거렸다.

"클클. 멍청한 녀석. 가지 말래도."

진양이 그 뒤로 다가가서 앉았다.

"어르신."

"뭐냐?"

"정말 어르신께서 매 선배님의 제자들을 죽이셨습니까?"

"흐음, 그랬지."

매지향의 말에 반신반의하고 있던 진양은 자못 놀란 표정을 지었다.

진양이 벌떡 일어나며 물었다.

"어째서 그러셨습니까? 그 두 사람은 강호를 호령할 정도로 고수였다는데요."

"클클. 그 새끼 고양이들이 무슨 강호를 호령한다고? 강호를 호령하려면 나 정도는 돼야지."

"어쨌든 그 제자들을 죽였으니 매 선배님이 어르신을 이토록 미워하잖아요."

"흥! 나는 결코 올바른 사람을 죽이진 않는다! 그 아이들은 사리사욕에 눈멀어서 악한 짓을 밥 먹듯이 일삼고 다녔어! 그럼에도 사매는… 커험! 십지독녀는 자기 제자라고 감싸기만 했지. 내가 대신 그놈들에게 경고했지만 내 말을 귓등으로 듣고 무시해 버렸다. 오히려 그놈들이 나를 밟으려고 하더군. 그러니 내 손을 쓸 수밖에."

"사매… 라니요?"

"무슨 소리냐?"

"방금 사매라고 하셨잖아요. 매 선배님이 어르신의 사매였어요?"

"시끄럽다. 다 옛날 옛적 일이다."

"그럼 어르신은 매 선배님의 사형인 셈이군요?"

"내가 어렸을 때 그 악녀와 잠시 동문의 제자로 지낸 적이 있다. 하지만 혼란한 시기에 몽고 녀석들 때문에 멸문당하고 나서 우리는 같이 명교에 투신했지. 뭐 그러고 보면 사매라는 말은 맞는 셈이군."

진양은 아연한 기색으로 다시 물었다.

"그럼… 도대체 매 선배님은 연세가 어떻게 되시는 거예요?"

"보자… 아마 쉰이 넘었을 게다."

"예에?"

진양이 깜짝 놀라서 소리쳤다.

임패각이 그 반응을 보고 낄낄거렸다.

"왜? 너무 늙어서 놀랐느냐? 그 악녀가 네놈 반응을 보면 어떤 기분일지 궁금하구나. 클클."

"하지만 그렇게 아름다우신데……."

"그 악녀가 원래 미모 하나는 뛰어났지. 그리고 내공도 제법 깊다. 그런데 지금까지 상당한 공력을 젊음을 유지하는 데 소모해 왔으니 아름다워 보일 수밖에. 그렇지 않았더라면 그녀는 이미 천상련주보다도 무서운 무공을 지녔을 게다."

말을 마친 임패각은 또 격한 기침을 토해냈다.

진양은 더 이상 임패각에게 말을 걸지 않기로 했다. 말을 할수록 증세가 심해지니 궁금한 것이 있어도 속으로만 삼켰다.

대신 진양은 내일 정오에 있을 대결에 대해서 골몰히 생각했다.

'이대로라면 어르신이 정말 위독하다. 어떻게든 내일 대결에서 내가 소 낭자를 이겨야 해. 그래서 마을로 내려가 임시 방편으로나마 약을 지어와야겠다.'

진양은 연신 기침을 해대는 임패각의 등을 안쓰러운 표정으로 물끄러미 바라보다가 동굴 입구로 걸어가서 생각에 잠졌다.

'십절류는 총 열 가지 초식으로 이루어져 있지. 그 초식들을 내가 이미 모두 겪었으니 남은 건 허초와 변초들을 잘 가려내는 것이다. 어떻게 하면 내가 소 낭자를 이길 수 있을까? 어쩌면… 아! 그 방법이라면!'

그 순간 진양은 갑자기 서광이 비치는 듯했다.

매지향과 임패각은 매번 대결을 펼칠 때마다 초식명을 소리쳐 불러주었다. 때문에 진양은 지금껏 십절류의 열 초식을 지겹도록 들어왔다.

한데 이것이 열쇠가 될 줄이야!

아니, 왜 그걸 이제야 생각했을까?

진양은 얼른 나뭇가지를 하나 꺾어다가 쥐었다.

붓과 종이가 아직도 많이 남아 있었지만, 급한 김에 진양은 바닥에다가 나뭇가지로 글씨를 새겼다.

그가 새기는 글씨는 모두 십절류의 초식명이었다.

처음에는 열 가지 초식명을 반듯한 해서체로 새겼다.

늘 그렇듯 해서체는 글자 하나를 적는 데에만 오랜 시간이 소요된다. 대신 그 글자의 의미를 어느 때보다도 깊이 생각할 수 있었다.

그렇게 열 초식을 모두 새겼더니 한 시진이 훌쩍 지나가고 있었다. 그만큼 신중하고 반듯하게 글씨를 새겼기 때문이다.

진양은 다시 행서체로 글씨를 새겼다.

해서체로 글씨를 한 번 새겨보았기 때문에 각 글자의 의미는 처음보다도 훨씬 잘 간파하고 있었다. 경직되어 있던 글씨체들이 좀 더 유연하게 구부러지며 이어졌다.

행서체를 모두 적은 진양은 다시 초서체로 글씨를 새겼다. 역시 행서체보다도 빠른 속도로 글씨를 적었다.

그다음은 광초(狂草)로 글씨를 새겼다.

이때쯤 진양은 이미 각 초식의 특징을 머릿속에 완벽하게 그려 넣은 상태였다. 거기에 광초로 초식명을 적으니 그 초식들의 심오한 뜻이 머릿속에 선명하게 각인되고 있었다.

더구나 각 초식은 모두 대결을 펼치면서 견식해 보지 않았던가?

스윽. 슥슥. 스윽.

진양의 나뭇가지가 마치 바닥 위에서 춤을 추듯이 미끄러져 갔다.

마치 바람이 흐르듯, 물이 흐르듯, 낙엽이 미끄러지듯…….

순식간에 열 초식을 모두 적은 진양은 다시 첫 초식을 적어 보았다.

처음에는 거친 물살처럼 써 내려갔던 초식이 이번에는 깊은 물속의 힘센 움직임처럼 묵직하게 느껴졌다.

진양은 같은 글자를 다시 또 썼다.

묵직한 움직임을 보이던 초식이 이번에는 바람에 흘러가 버릴 듯 가볍고 날렵하게 이어졌다. 또다시 같은 글씨를 새길 때는 움직이는 듯하면서도 멈추어 있는 듯 필획이 이어지고 있었다.

분명 같은 글자를 광초로 쓰고 있었는데, 쓸 때마다 그 움직임이 미묘하면서도 크게 차이가 났다.

이는 진양이 각 초식의 변초를 파악하는 중이기 때문이었다.

예로부터 글씨는 마음을 그리는 것이라고 했다.

즉, 진양이 같은 서체로 글씨를 쓰면서도 필획이 그때그때 변하고 있는 것은 그의 마음속에 그려지는 형상이 매번 달라지고 있기 때문이었다.

진양은 온 정신을 글자에만 집중하고 있었기에 임패각이 얼마나 심하게 각혈하고 있는지조차 알지 못했다.

그날 진양은 밤이 새도록 거듭 글씨만 썼다.

무림에는 천 년에 한 번 꼴로 태어나는 천재가 있다고 한다. 어떤 무공이든 일견(一見)하면 곧바로 요체를 파악하는 천재.

한데 진양이 그 정도는 아닐지라도 글씨로 쓰고 나면 그 무공의 이치를 깨우치니 과연 기재라고 부를 만하지 않겠는가.

다음날 해가 중천에 이르도록 진양은 그 자리에서 꼼짝을 하지 않았다. 아직까지 바닥에 글을 새기던 진양은 문득 들려온 날카로운 외침에 퍼뜩 정신을 차렸다.

"이제 포기라도 한 건가?"

정신을 차리고 보니 목소리의 주인은 매지향이었다.

어느새 샛길을 따라 올라온 그녀가 아무도 보이지 않자 소리친 것이다.

진양은 그제야 해가 중천에 솟았다는 것을 깨닫고는 벌떡 일어났다.

하지만 밤새도록 쪼그리고 앉아서 글씨를 썼더니 몸이 생각처럼 말을 듣지 않았다. 잠시 주춤거리는데 문득 이상한 느낌이 들어 고개를 돌렸다.

"어르신?"

그러고 보니 이만큼이나 시간이 흘렀다면 임패각이 자신을 깨웠어야 한다.

한데 임패각은 여전히 몸을 돌려 누운 채로 꼼짝도 하지 않았다.

진양이 불안한 마음에 얼른 달려가서 보니 임패각의 몸이 불덩이처럼 뜨겁고 이마에서는 식은땀이 흐르고 있었다.

"어르신! 괜찮으세요?"

진양이 얼른 임패각의 웃옷을 벗겼다. 그러자 가슴을 중심으로 새하얀 반점이 점점 퍼져 나가듯 찍힌 것이 보였다.

바로 십지독공에 당한 증세였다.

임패각은 의식이 가물가물한 상태였다.

그때 다시 매지향의 목소리가 카랑카랑 울렸다.

"어서 나오지 않으면 내가 그곳에 가겠다!"

임패각은 거칠게 숨을 내쉬며 입술을 달싹였다.

워낙 기운이 쇠한 상태라 그 소리가 밖으로 흘러나오진 않았지만, 진양은 무슨 뜻인지 바로 알 수 있었다.

대결을 하러 가라는 말이었다.

진양이 입술을 쿡 씹고는 동굴 밖으로 나갔다.

마침 샛길에서 기다리고 있던 매지향이 차갑게 비웃었다.

"흥! 이제야 나타나셨군!"

그런데 진양이 다짜고짜 무릎을 끓더니 양손을 맞잡았다.

"선배님! 부탁드립니다! 어르신께서 지금 매우 위독하십니다! 부디 아량을 베푸시고 그분을 살려주십시오!"

진양이 절박하게 부탁하자, 매지향도 짐짓 놀랐는지 몸을 움찔 떨었다.

하지만 곧 그녀는 턱을 치켜들며 매섭게 쏘아붙였다.

"내가 그를 죽이려는데 오히려 잘된 일이지! 그렇게 급하거든 우리를 꺾으면 될 일이 아니더냐?"

"선배님!"

"시끄럽다! 어서 대결을 펼쳐라!"

진양은 도무지 그녀가 물러날 뜻이 없다는 것을 알았다.

이제 방법은 없었다.

어떻게든 어제 밤새도록 연구한 성과를 기대할 수밖에.

만약 오늘도 대결에서 승부를 짓지 못한다면 정말로 임패각이 죽을 수도 있었다.

매지향이 날카롭게 소리쳤다.

"화아, 뭘 꾸물거리느냐? 어서 저 버릇없는 녀석에게 혼뜨검을 내주어라!"

어쩐 일인지 소담화도 매지향의 눈치를 슬쩍 살피다가 앞으로 나섰다.

진양이 포권을 취하며 말했다.

"소 낭자, 사정이 급해서 그러니 혹시 제가 좀 거칠더라도 이해해 주시오."

"남을 걱정해 줄 처지가 아닐 텐데요."

"좋소. 그럼!"

진양이 말을 마치자마자 질풍처럼 달려들었다.

이는 지둔도법을 응용한 것이 아닌, 천상련에서 익혔던 질풍권이었다. 그의 주먹이 허공을 파하며 쏜살같이 날아가자, 소담화도 깜짝 놀라서 검집째로 들어 올리며 물러났다.

쾅!

검집을 잡은 손이 부르르 떨렸다. 그녀는 재빨리 검을 뽑아

들었다.

　차앙!

　이어서 그녀가 반동을 이용하며 그대로 몸을 회전시켰다.
바로 회오리바람을 연상시키게 하는 선풍유검(旋風流劍)이라
는 초식이었다.

　순간 진양은 어제 썼던 선풍유검의 초식을 떠올려 보았다.
그는 그중에서도 자신이 세 번째로 썼던 광초가 바로 지금 소
담화가 펼친 것이라는 것을 깨달았다.

　'선풍유검의 선(旋) 자는 본래 '돌다' 는 뜻이다. 하지만 지금
그녀의 보법을 본다면 선 자를 뜯어보았을 때, 언(㫃) 자와 소
(疋) 자의 결합을 사용하고 있다. 즉, 나부끼듯 한 보법에서 나
오는 선풍유검이다. 이 변초는 보법의 현묘함이 중심이 되므로
상대의 눈을 속이긴 쉬우나 공력이 검에만 집중되지 않는다는
단점이 있다. 그렇다면 내가 강공으로 나간다면 막을 수 있다!'

　생각은 길었지만 이러한 판단은 거의 동시적으로 나왔다.
때문에 진양은 곧바로 앞뒤 가릴 것도 없이 철우격산을 펼치
며 쌍장을 앞으로 뻗었다.

　퍼펑!

　순간 휘몰아치던 검풍과 진양의 장풍이 부딪치며 요란한
소리를 터뜨렸다.

　'통했어!'

진양은 내심 희열을 느꼈다.

매지향과 소담화도 놀라긴 마찬가지였다.

보통 아까와 같은 순간이라면 몸을 물리며 피하게 마련인데, 진양은 겁도 없이 강공으로 맞부딪쳐 온 것이다. 이는 선풍유검의 변초를 꿰뚫었다고밖에 볼 수 없었다.

'설마! 저 어린 녀석이 선풍유검의 변초를 벌써 파악해 냈단 말인가?'

매지향은 미간을 좁히고 생각에 잠겼다가 이내 날카롭게 소리쳤다.

"화아, 한 번 더 펼쳐라!"

"네!"

소담화는 사부의 뜻을 바로 알 수 있었다.

사부는 정말 진양이 선풍유검의 변초 원리를 꿰뚫었는지 알고 싶었던 것이다.

그녀가 이번에는 또 다른 변초를 사용하며 같은 초식을 펼쳤다. 역시 회전하며 검을 부리는 방식은 비슷했지만, 거기에는 아까와 다른 미묘한 차이가 있었다.

그 순간 진양의 눈빛이 다시 반짝 빛났다.

'이번에도 선풍유검이군! 지금 사용한 변초는 아까와 달리 방(方) 자와 인(人) 자, 그리고 소(乛) 자를 결합한 초식이구나. 그중에서도 방(方) 자에 무게가 실려 있으니, 중심에서 벗어

난 보법을 밟으면서 측면에서 후려 올 것이다. 그렇다면!'

진양이 순간 두 다리에 공력을 잔뜩 실은 다음 뻣뻣하게 굳은 자세로 몸을 눕혔다. 바로 지둔도법의 강발거목(僵拔巨木)이라는 초식이었다.

이름 그대로 큰 나무가 뿌리째 뽑혀 넘어지는 형상을 본뜬 것이다.

본래 이 초식은 뒤에서 얕게 공격해 오는 자를 노리고 쓰는 초식이었지만, 무기가 없는 진양은 회피하기 위한 자세로 응용한 것이었다.

그의 예상대로 측면을 파고들었던 소담화의 검이 진양의 앞가슴을 스치며 바람처럼 지나갔다.

이어서 진양은 곧바로 소담화의 어깨와 왼쪽 다리 사이로 주먹을 내질렀다. 마치 바위틈으로 물이 새는 듯한 유연한 움직임이었다.

바로 천상련에서 익혔던 풍결권이다.

깜짝 놀란 소담화는 연이어 선풍유검을 펼치며 뒤로 휘리릭 날아올랐다.

'흠! 이번에는 소(疋) 자에 힘을 실어 회피용으로 사용했구나! 그러니 공력 또한 다리에 집중되어 있을 터. 섣불리 쫓는 것보단 추이를 지켜보는 것이 좋겠다.'

한편 소담화는 뒤로 물러선 상황에서 심호흡을 했다.

불과 하루 만에 진양의 무공은 크게 증진되어 있었다.

사실 엄밀히 따지고 보자면 진양의 무공이 증진되었다기보다는 십절류의 핵심이 간파되었다고 보는 것이 옳았다.

매지향도 놀란 표정을 지우지 못했다.

'어째서 하룻밤 사이에 이토록 성장할 수 있는 거지?'

두 사람이 놀란 마음을 진정시키기도 전에 잠시 뜸을 들인 진양이 곧바로 공격을 가해왔다.

바로 풍우정헐이었다.

풍우정헐은 지둔도법의 초식 중에서도 움직임이 비교적 빠르고 복잡한 축에 속했다.

진양이 순식간에 수도를 이리저리 날려오니, 소담화는 엉겁결에 검을 휘두르며 연신 뒷걸음질을 칠 수밖에 없었다.

그때 매지향이 소리쳤다.

"섬전유검!"

소담화는 곧바로 초식을 전개했다.

하지만 이미 진양은 십절류의 모든 초식을 꿰뚫고 있었다. 그는 지금 펼쳐진 소담화의 초식이 섬(閃) 자에 무게를 두었다는 사실을 간파했다. 섬(閃) 자는 문(門)과 인(人)의 합이다.

문틈으로 번쩍이는 빛을 묘사한 것이라 볼 수 있었다.

즉, 지금 소담화가 펼친 섬전유검의 변초는 상대의 치밀한 공격이나 방어를 뚫을 때 쓰는 것이다.

여기까지 생각을 마친 진양은 아예 그 문을 활짝 열어버리기로 했다. 그렇다면 현재의 변초는 그 위력을 많이 잃을 것이 분명했다.

결단을 내린 진양이 순간 공력을 발바닥에 쏟아부으며 몸을 날아 올렸다.

바로 지둔도법의 철돈도약이었다.

진양의 수도로 굳게 닫혀 있던 문이 일시에 사라지고 활짝 열린 것이다.

그러자 검을 내뻗은 소담화는 뒤처리를 어찌해야 할지 난감해졌다. 마치 망망대해에 검 한 자루가 일엽편주(一葉片舟)마냥 둥실 떠 있는 느낌이었다.

마침 바닥에 착지한 진양은 그대로 질풍권을 내질렀다.

슈우우욱!

마음이 다급해진 소담화가 엉겁결에 장을 뻗어냈다.

펑!

그녀의 몸이 뒤흔들리던 찰나, 진양은 다시 철우격산을 연환식으로 펼쳤다.

이제 꼼짝없이 진양의 쌍장이 그녀의 가슴을 격타할 순간이었다.

하지만 진양은 차마 소담화를 치지 못했다.

어차피 이 대결은 승부만 지으면 되는 것 아니겠나.

굳이 내공을 가득 실은 철우격산을 펼쳐서 상대에게 내상을 입힐 필요가 없다고 판단한 것이다.

그가 마지막에 공력을 거두어들이는데, 마침 소담화가 왼손을 뻗어왔다.

그녀는 진양이 공력을 거둘 줄 몰랐기에 최대한 내상을 줄이려는 생각으로 장력을 발한 것이다.

만약 그대로 소담화의 장력을 받았다간 진양은 큰 중상을 면하기 어려웠다. 절체절명의 순간 진양은 뒤로 두어 걸음 물러갔다.

그제야 소담화도 진양이 손속에 사정을 두었다는 것을 깨우쳤다.

한데 그 순간 진양의 발이 낭떠러지 부분을 디디며 주룩 미끄러지고 말았다.

"앗!"

세 사람이 동시에 놀라서 외마디 비명을 터뜨렸다.

헛디딘 발아래로는 계곡도 없는 천 리 낭떠러지였으므로 떨어지면 무조건 즉사할 수밖에 없었다.

그 순간 소담화는 얼른 몸을 날려 검을 바닥에 깊이 박은 후 진양에게 손을 뻗었다. 아래로 떨어지던 진양은 소담화의 손목을 낚아채며 허공으로 훌쩍 도약했다. 공중에서 두어 번 재주를 넘은 진양은 가까스로 길 위로 안전하게 착지할 수 있었다.

그야말로 아찔한 순간이었다.

죽을 위기를 넘긴 진양이 포권을 취하며 예를 갖췄다.

"소 낭자, 목숨을 구해주어서 정말 고맙소!"

그러자 소담화는 잠시 당황하다가 검을 뽑아 들고는 몸을 획 돌렸다.

"흥! 모처럼 당신이 죽는 꼴을 눈으로 직접 볼 수 없는 게 아쉬워서 도와준 것일 뿐이에요."

섬뜩한 말이었지만 진양은 그 속에 담긴 묘한 여운을 느낄 수 있었다. 그래서 빙그레 웃으며 답했다.

"앞으로 소 낭자가 없을 땐 함부로 죽지도 못하겠군요."

그러자 소담화가 얼굴이 발갛게 달아올라서 소리쳤다.

"당, 당신이 어딜 가서 죽든 말든 나랑 무슨 상관이에요?"

그녀가 이내 걸어가 버렸다.

매지향이 소리쳤다.

"이번 대결은 무승부다. 싸움은 끝나기 전까지 항시 방심할 수 없는 법. 엄밀히 따지자면 쓸데없는 선심을 베푼 너의 잘못이니 우리가 이겼다고 할 수 있을 게다. 하지만 이번만큼은 승부를 미루는 걸로 해두지."

진양으로선 원래 다 이긴 것이나 다름없었는데, 이렇게 무승부로 결정되니 여간 아쉬운 것이 아니었다.

하지만 소담화에게 목숨을 빚진 것도 있어서 딱히 반박은 하지 않았다. 대신 예를 차려 인사했다.

"선배님의 배려에 감사드립니다."

진양이 공손하게 대꾸하자, 매지향은 차갑게 코웃음을 치고는 몸을 돌렸다.

진양은 얼른 동굴 안으로 달려갔다.

싸우는 동안에도 임패각이 걱정돼서 견딜 수가 없었다.

"어르신! 괜찮으세요?"

진양이 얼른 달려가서 임패각을 돌려 눕혔다.

한데 임패각의 입 주위가 온통 피범벅이었고, 침상은 벌건 핏물로 흥건하게 젖어 있었다.

"어, 어르신! 어르신!"

"양아… 이겼느냐?"

임패각이 희미한 목소리로 묻자 진양은 왈칵 눈물이 쏟아졌다.

"아뇨. 하지만 내일은 이길 수 있어요. 이제 이길 방법을 알았어요."

"클클클… 내 진작… 네놈이… 이길 줄… 알았지."

"어르신, 말씀을 많이 하지 마세요."

그러자 임패각이 고개를 설레설레 저었다. 이미 그는 생기(生氣)가 다하는 중이었다.

그는 진양을 물끄러미 바라보았다.

그 순간 그의 두 눈이 반짝 빛을 뿜었다. 사람이 임종 직전에 잠깐 맑은 정신으로 돌아온다는 회광반조(回光返照)의 증상이었다.

  임패각의 목소리는 힘이 없었지만, 한마디 한마디 알아듣기에는 부족함이 없었다.

  "양아, 너는 많은 재능을 가진 아이다. 게다가 너의 놀라운 집중력과 열의는 남들이 가지지 못한 큰 장점이다. 훗날 네가 더욱 성장하거든 네 힘을 반드시 올바른 곳에 써야 한다. 내 말을 알아듣겠느냐?"

  "알겠어요, 어르신. 꼭 그렇게 할게요. 그러니까 돌아가시지 마세요."

  "생자필멸(生者必滅)이다. 누구든 태어나면 죽는 것이니 그리 슬퍼할 일도 아니다. 내 늦은 때라도 널 알게… 되어서… 기쁘구나……."

  "어르신, 그래도 사셔야 해요! 그래서 저한테 더 많이 가르쳐 주셔야죠!"

  이제 임패각의 목소리는 거의 들릴 듯 말 듯 이어졌다.

  "클클… 말하지 않았더냐. 나는… 제자를… 두지 않……."

  말을 꺼내던 임패각은 끝내 고개를 떨어뜨리고 말았다.

  진양은 얼른 목에 손을 대고 맥을 짚어보았다.

  하지만 손끝에서는 아무것도 느껴지지 않았다.

진양은 하늘이 무너지는 듯했다.

부모님이 돌아가신 후 이렇게 자신을 아껴준 사람이 얼마나 있었던가?

"어르신… 어르신!"

진양이 소리쳐 울부짖었지만 동굴 안에는 그의 목소리만 쩌렁쩌렁 울릴 뿐 아무런 대꾸도 없었다.

서러움이 복받쳐 오른 진양은 목을 놓아 엉엉 울었다.

동굴에서 울리기 시작한 그의 울음소리가 온 산을 뒤덮었다.

그렇게 얼마나 울었을까?

문득 동굴 입구에서 새된 목소리가 들렸다.

"사내 녀석이 어찌 그리 서럽게 운단 말이냐? 그깟 쓸모도 없는 약을 지어오지 못해 눈물을 보인단 말이냐?"

진양이 돌아보니 매지향과 소담화의 그림자가 입구에 비치고 있었다.

그들은 약속한 것이 있어 차마 안으로 들어오진 못하고 입구 근처에서 서성이고 있었던 것이다.

진양이 소매로 눈물을 훔치고는 일어났다.

그는 임패각을 죽음으로 몰아넣은 매지향이 몹시 미웠다. 그래서 동굴 입구로 걸어가 그녀를 보자마자 차갑게 쏘아붙였다.

"이제는 이곳에 올 필요가 없습니다!"

매지향의 가는 눈썹이 꿈틀 흔들렸다.

"무슨… 소리냐?"

"어르신께서는 이제 이곳에 안 계십니다."

"그러니까 그게 무슨 소리냔 말이다!"

매지향이 목청을 높였다.

진양이 손가락으로 매지향을 가리키며 소리쳤다.

"매 선배가 어르신을 돌아가시게 한 것 아닙니까? 이제 와
서 놀란 척하지 마시죠! 자! 이제 속이 시원하십니까? 좋으시
겠습니다! 앞으로 매일 번거롭게 이곳으로 올라오지 않아도
되니 말입니다!"

순간 매지향이 이마를 짚고 비틀거렸다.

"사부님!"

소담화가 얼른 그녀를 붙들었다. 자칫하다간 까마득한 낭
떠러지로 떨어질 뻔했다.

매지향이 심호흡을 하고는 다시 물었다.

"지금… 그가… 죽었다고 했느냐?"

"그래요!"

"언제……?"

"방금 전 돌아가셨습니다!"

매지향의 눈동자가 심하게 흔들렸다.

그 모습은 분명 원수가 죽어 통쾌하게 여기는 표정이 아니

었다.

진양은 그녀의 얼굴에 비통함과 슬픔이 겹쳐 있는 것을 보고 마음이 여려졌다.

매지향이 더듬더듬 말했다.

"내, 내가 직접 보지 않으면 믿을 수가 없다."

"가 보시죠."

진양도 목소리를 낮추고 물러섰다.

매지향은 비틀거리는 걸음으로 동굴 안으로 들어갔다. 그녀는 침상에 누워 있는 임패각을 보고는 쓰러지듯 주저앉았다.

"이렇게… 정말 이렇게 죽은 거예요?"

그녀는 임패각의 손목을 낚아챘다.

몇 번을 다시 잡아보아도 맥은 뛰지 않았다.

진양은 그녀를 몹시 미워했지만, 막상 그녀가 비통해하는 것을 보니 애잔한 마음이 들어 아무 말 없이 서 있기만 했다.

매지향은 한참이나 넋이 나간 사람처럼 있다가 갑자기 벌떡 일어났다. 그러고는 부채를 펼치더니 입을 가리며 큰 소리로 웃기 시작했다.

"호호호! 호호호호! 호호호호!"

별안간 웃음을 터뜨리자 소담화와 양진양은 깜짝 놀라고 말았다.

하지만 그 웃음에는 말로 표현하기 힘들 정도로 깊은 상실감이 스며 있었다. 때문에 두 사람 모두 입술만 꾹 씹을 뿐이었다.

한참 동안 웃던 그녀가 문득 몸을 돌리더니 진양을 매섭게 쏘아보았다.

"너!"

"예?"

"이제 그가 죽었으니 약속을 지킬 필요도 없게 됐다! 나는 너라도 죽여야 분이 풀리겠다!"

말도 안 되는 억지였지만, 진양은 따지고 반항할 기운도 없었다. 오히려 일 년여 동안 가깝게 지냈던 사람이 이렇게 죽자 삶에 대한 애착마저 사라지고 말았다.

"마음대로 하시죠."

매지향은 그의 처연한 태도가 더욱 마음에 들지 않았다. 진양의 상실감이 간접적으로나마 전해져 그녀의 마음을 더욱 아리게 만들었기 때문이다.

매지향이 빛살처럼 손을 뻗어내 진양의 옷깃을 움켜잡았다.

"네가 그를 위한다면 어째서 목숨을 걸고 내게 덤비지 않았더냐?"

진양은 어이가 없었다.

임패각의 죽음을 이제는 자신에게 뒤집어씌우니 그저 할 말이 없을 뿐이었다.

"죽이고 싶으면 죽이세요."

진양의 일관된 태도에 매지향은 더욱 울분이 치솟았다.

그녀가 쥘부채를 한껏 치켜들었다.

여차하면 진양의 천령개를 내려쳐 일수에 죽일 기세였다.

한데 그 순간, 그녀의 쥘부채를 본 진양은 잊고 있던 임패
각의 유언이 떠올랐다.

'그래, 내가 죽을 때 죽더라도 그분의 유언은 따르도록 하자.'

진양이 얼른 소리쳤다.

"잠깐만요!"

"흥! 죽을 때가 되니 갑자기 두려워진 게냐?"

"절 죽이고 싶으면 얼마든지 죽이세요. 하지만 그전에 어
르신의 유언을 들어드리고 싶어서 그래요."

"유언?"

매지향의 눈빛이 다시금 흔들렸다.

진양이 고개를 끄덕이자 그녀가 손을 놓고 물러섰다.

"그의 유언이 무엇이냐?"

"그 부채를 저에게 주세요."

매지향이 눈썹을 슬쩍 구겼다.

이 어린것이 혹시 죽음이 두려워 꼼수를 부리는 것이 아닐
까 하는 의심이 든 것이다.

하지만 진양의 표정을 보니 시종일관 진지한 것이 그런 기

색은 보이지 않았다.

그녀가 부채를 건네주니 진양이 구석으로 걸어가서 벼루와 필묵(筆墨)을 챙겨왔다.

매지향은 가만히 서서 그가 하는 양을 지켜보았다.

먹을 간 진양은 부채를 활짝 펼치고는 붓을 들었다. 그리고 일필휘지로 두 줄의 글귀를 적어나갔다.

擧頭望明月   머리를 드니 밝은 달 비추고
低頭思古鄕   머리를 숙이니 고향 생각 나는구나.

바로 임패각이 자주 읊던 시인 '정야사' 의 마지막 두 구절이었다.

글을 모두 적은 진양은 부채를 적당히 말린 뒤 매지향에게 건네주었다.

매지향이 부채를 받아 활짝 펼쳐 보니 수려한 글씨체로 정야사 마지막 두 구절이 적혀 있지 않은가.

마치 필획 하나하나에서 임패각의 목소리가 들리는 듯했다. 더구나 글씨에서 그의 마음까지 고스란히 전해지고 있으니 매지향은 불현듯 치솟는 그리움을 이기지 못하고 눈물까지 그렁그렁 맺혔다.

그녀가 부채를 쥔 손을 가늘게 떨었다. 입술이 한참이나 달싹이다가 가까스로 희미한 목소리를 흘려냈다.

"오라버니······."

입을 열자 참았던 눈물이 양 뺨을 타고 주르륵 흘러내리기 시작했다.

한번 흐르기 시작한 눈물은 그칠 줄을 몰랐다.

심연에 꽁꽁 숨겨두었던 슬픔이 때론 광소로, 때론 분노로 표출되다가 이제야 한 치의 거짓도 없는 눈물이 되어 흐른 것이다.

차갑게 굳었던 마음이 모래성처럼 무너지자, 그녀는 더 이상 서 있지 못하고 털썩 주저앉았다.

그녀와 임패각은 같은 고향에서 자랐다.

어린 그녀는 임패각을 오라버니라고 부르며 따랐고, 임패각 역시 그녀를 몹시 귀여워해 주었다. 두 사람 모두 어려서부터 무공에 재능이 뛰어났지만, 사문이 망하고 나서부터는 강호를 돌아다니며 고생길을 걸어야만 했다.

하지만 임패각은 험난한 여정 속에서도 매지향을 마치 친동생처럼 곰살궂게 대했다.

시간이 흘러 매지향은 임패각을 흠모하게 됐다. 그에게 사랑을 받기 위해서 젊음을 유지하는 데 많은 공력을 소모했고, 그러다 보니 부족한 부분을 채우기 위해서 독공을 익히게 됐다.

하지만 임패각은 그녀의 독공이 지나치게 패도적이라 늘 마뜩찮게 여겼다.

매지향은 자신의 애정이 끝내 받아들여지지 않자, 임패각을 못내 야속하게 여겼다. 세월이 흐를수록 그 응어리진 마음은 점점 애증으로 바뀌어갔다.

  그러던 와중에 매지향의 제자가 악행을 저질러 임패각에게 살해당하자 그녀의 애증은 다시 증오가 되고 말았다.

  지극한 사랑이 결국 지극한 미움으로 바뀐 것이다.

  그러다 보니 그녀는 날이 갈수록 임패각을 통렬히 미워하게 됐고, 처음의 연정은 기억도 하지 못했다. 다만 무의식중에 꿈틀거리는 그 최초의 감정이 이따금씩 마음 한구석을 짠하게 만들 뿐이었다.

  사실 사랑과 미움은 종이의 양면과도 같은 것이다.

  그런데 이제 와서 이 글을 보니 마음속에도 눈물이 스며들어 감추어두었던 뒷면의 감정이 새록새록 젖어 나왔다. 그러다가 이내 처음의 연정이 다시금 완전히 피어오른 것이다.

  연민이 그리움으로, 그리움은 다시 연정이 되어 하염없이 눈물로 흘러내렸다.

  가슴이 미어질 듯한 그리움에 매지향은 체면을 챙길 생각도 잊은 채 목을 놓아 울기 시작했다.

  그녀의 구슬픈 울음소리가 동굴을 가득 메우고 산등성을 따라 울려 퍼졌다.

  양진양도 소담화도 고개를 푹 숙인 채 눈물을 삼켰다.

한참을 울고 난 매지향이 기운 빠진 목소리로 말했다.

"가거라."

양진양과 소담화가 그녀를 멀뚱멀뚱 보았다.

매지향이 다시 소리쳤다.

"가라고 하지 않았더냐! 내 너를 살려주겠다! 마음이 바뀌기 전에 여길 떠나거라!"

"제가 떠나고 나면 두 분은 어쩌실 건지요?"

"우리가 어떻게 하든 너와는 아무 상관 없다."

"그게 아니라… 어르신을……."

"평생을 외고집으로 살아오신 분이다. 그냥 이대로 둘 것이다."

진양이 고개를 저었다.

"그건 안 됩니다. 제가 어르신을 직접 묻어드리겠습니다."

"네까짓 게 뭔데?"

"뭐라도 상관없지요. 어르신의 은혜를 입은 몸이니 최소한의 도리를 다할 생각입니다."

말을 마친 진양은 묵묵히 걸어가서 임패각의 시신을 안아 들었다.

매지향은 아랫입술만 쿡 깨문 채 어떤 제지도 하지 않았다.

절벽에서 내려온 진양은 임패각을 양지바른 곳에 묻어주었다. 그가 평소에 사용하던 둔도 역시 함께 묻었다. 마지막으로 비목을 세운 뒤 양진양은 비로소 그 앞에 엎드려 뜨거운 눈물을 흘렸다.

지금껏 지켜보던 매지향과 소담화 역시 복받치는 감정을 이기지 못하고 고개를 돌려 눈물을 흘렸다.

한동안 울고 난 진양이 정신을 수습하고는 일어섰다. 그리고 숲 한쪽에 매어놓은 흡혈마에게 다가갔다.

"매 선배님, 그럼 저는 이만 가보겠습니다. 두 분 모두 건강하시길 빌겠습니다."

진양은 흡혈마를 탈 생각도 하지 않고 고삐를 잡은 채 터덜터덜 걸어갔다.

매지향은 허탈한 심정으로 임패각의 무덤을 바라보았다. 이제는 원망하고 싶어도 원망할 상대가 없고, 보고 싶어도 볼 수가 없어진 것이다.

매지향의 가슴은 천 갈래 만 갈래 찢어져 나가는 듯했다.

본래 사람이 지독한 슬픔에 처하고 그 현실을 받아들이기 힘들 때는 누구라도 원망을 하게 마련이다. 더구나 한평생을 삐뚤어진 마음으로 살아온 매지향이다.

그녀가 돌연 고개를 돌리고는 멀어져 가는 진양을 불러 세웠다.

"거기 멈춰라!"

진양이 걸음을 멈추고 돌아보자, 매지향이 구름을 밟듯 산

아래로 내려와 섰다.

"원래 나는 너를 죽이려고 했다. 하지만 오라버니의 유언을 보고 생각을 바꿨다. 그런데 다시 생각이 바뀌었다."

"무슨 말씀인지요?"

"오늘은 너를 살려주겠다. 하지만 나는 일 년 뒤에 다시 너를 찾아가서 죽일 것이다."

진양은 어이가 없어서 매지향을 바라보았다.

"왜 그러시는 겁니까?"

"만약 네가 잘만 했다면 오라버니가 이렇게 허무하게 돌아가셨겠느냐? 오라버니가 결국 운명을 달리할 수밖에 없었던 이유도 너에게 책임이 있는 것이다."

진양은 화가 났다.

도대체 누가 누구를 나무라고 있단 말인가.

매지향은 임패각을 죽이기 위해서 천 리를 달려온 여자다.

한데 이제는 오히려 자신을 두고 임패각을 죽음으로 몰아넣었다고 하지 않는가.

물론 상실감이 지나쳐서, 혹은 애정 결핍으로 인해 감정의 체계가 이상하게 꼬여서 그렇다고 할 수 있겠지만, 이건 해도 너무한 것이 아닌가.

이때쯤 진양은 허탈감에서 조금씩 마음을 추슬러 가고 있는 차였다. 때문에 아까와는 달리 두 눈을 부릅뜨고 맞섰다.

"도대체 누가 누구에게 나무라는 것입니까? 그분을 죽음으로 몰아넣은 진정한 장본인이 누구라고 생각하십니까? 어째서 그렇게 삐딱한 생각을 가지시는 겁니까? 전 도저히 납득을 못하겠습니다!"

그러자 매지향이 부들부들 떨며 말했다.

"네, 네가 감히……!"

그녀도 자신의 잘못이 가장 크다는 것을 알고 있었다.

하지만 그것을 순순히 인정하기에는 너무나 마음이 괴로웠다.

한데 지금 진양이 그런 아픔을 콕 집으며 말하자 괴로움이 분노로 바뀌었다.

"일 년 뒤에 반드시 네놈을 죽이겠어!"

진양도 지지 않고 소리쳤다.

"마음대로 하십시오! 저도 그때는 가만있지 않을 겁니다! 어르신의 원수라도 갚아야지요!"

매지향은 '원수'라는 말에 가슴이 찢어지는 듯했다.

"어, 어떻게 감히 네가… 나를 그리 부를 수 있단 말이냐? 네, 네까짓 것이… 네놈이 나와 오라버니 사이를 안단 말이더냐? 네놈이 나와 오라버니가 어떻게 살아왔는지 안단 말이더냐? 네놈은 모른다. 우리가 어떻게 서로를 의지하고 살아왔는지… 네놈은 모른다!"

"흥! 둔도백마를 죽이고야 말겠다고 소리치던 분이 갑자기 오라버니를 그리워하는 누이가 되었으니, 제가 어느 장단에 춤을 춰야 할지 모르겠군요!"

이쯤 되자 지켜만 보던 소담화도 끼어들었다.

"그만하세요!"

그제야 진양도 흥분을 가라앉히고 두어 걸음 물러났다.

"잠시 흥분해서 실례를 했습니다. 그럼 전 먼저 가보겠습니다. 일 년 뒤에 뵙도록 하지요."

매지향은 여전히 눈물이 그렁그렁 맺힌 채로 꼼짝도 하지 못했고, 진양은 흡혈마의 고삐를 쥐고 터벅터벅 산을 내려갔다.

그렇게 진양은 일 년여 만에 경정산에서 하산했다.

때는 홍무 26년, 그의 나이 열여덟 살이었다.

『신필천하』 2권에 계속…

임준후 新무협 판타지 소설

鐵山大公 철산대공

「철혈무정로」, 「천애검염전」의 작가 임준후!
그가 태산처럼 거대한 남자의 이야기로 돌아왔다!

"네가 좋아하는 방식대로 살 거라.
지금까지처럼 마음이 가고 몸이 가는 대로!"

스승이 남긴 말을 가슴에 새기고 중원으로 나온 강산하.
고향으로 향하는 귀로에 하나둘씩 인연이 모여들고
어느새 그의 걸음마다 무림의 판도가 바뀌기 시작한다.

태산처럼 굳세게
산들바람처럼 유유자적하게
흔들리지 않고 올곧게 자신의 길을 걸어간
괴협 철산대공 강산하의 가슴 묵직한 일대기!

용호객잔
龍虎客棧

설경구 新무협 판타지 소설

낙양 변두리에 위치한 허름한 용호객잔.
폐업 직전까지 몰렸던 용호객잔에 복덩이,
천유강이 저절로 굴러 들어왔다.
그런데… 이 객잔 좀 수상하다?

독문병기는 낡은 주판, 중원상왕을 꿈꾸는 객잔주인, 용사등.
독문병기는 마른 걸레, 끔찍이 못생긴 점소이, 용팔.
독문병기는 식칼, 긴 독수공방 끝에 요리와 혼인한 숙수, 장유걸.
독문병기는 이 빠진 도끼, 사연 많은 남장여인, 문우령.
독문병기는 얼굴, 기억을 잃어버린 절세미남 신입 점소이, 천유강.

"중원의 상왕이 되리라!"

현실감각이라고는 찾아보기 힘든
용사등의 허황된 선언이 천하를 혼란에 빠뜨린다.
바람 잘 날 없는 용호객잔의 평범한(?) 일상에
중원의 이목이 집중된다.

Book Publishing CHUNGEORAM

유행이 아닌 자유추구 -
WWW.chungeoram.com

GOD BREAKER

Unterbaum

이상혁 판타지 장편 소설

운터바움
신들의 파괴자

나를 제거할 자, 그를 다스리는 한 권의 책,
찾아 펼치라. 그리하지 않으면 나는 불타리.

세계의 근거, 그 자체인 거대한 나무, 바움.
그 아래에서 살아가는 생명들의 세상, 운터바움.
윈델은 신탁에 따라 바움을 파괴할 책을 찾아 떠나고
맨 처음 그의 손이 책에 닿는 순간 운명이 격변한다.

십 년을 모신 주인이자 친구, 세베리아를 비롯
세상 모든 것이 자신의 존재를 잊어버린 상황에서
윈델은 존재의 증명을 위하여 운명과 싸우기 시작한다!

나무의 파괴자 '엠베르크' 란 무엇인가?
모두가 잊어버린 '나' 는 대체 누구인가?

「데로드 앤드 데블랑」, 「카르마 마스터」의 뒤를 잇는
이상혁 작가의 정통 판타지 대작!

「운터바움-신들의 파괴자」!

Book Publishing CHUNGEORAM

유행이 아닌 자유추구 -
WWW.chungeoram.com

守護武士
수호무사

각사 新무협 판타지 소설

소년은 오직 소녀를 위하여 검을 들었다
가슴에 담긴 지키고자 하는 뜨거운 열망.

"이제는 지킬 것이다."

단 하나 남은 소중한 인연, 무유화를 지키려
악의에 휩싸인 무림을 수호하기 위하여
윤, 세상에 서다!

그의 용혈검이 떨치는 무상류와 구천류가
모든 악을 쓸어내리라!

지키는 자!
수호무사 윤, 그를 기억하라.

Book Publishing CHUNGEORAM